LE GARDIEN DE L'INOUBLIABLE

MARIE-LAURE DE CAZOTTE

LE GARDIEN DE L'INOUBLIABLE

roman

ALBIN MICHEL

À ma fille Alix, en souvenir d'un ballet de baleines,
À l'amie de mon enfance, Marie Kurosawa.

« Bienheureux ceux qui marchent dans le fouettement furieux des ailes de l'ange. »

Jean Giono

Cette histoire est vraie.

Je pensais que ce préambule convenait.

– Vraie ? s'est insurgé monsieur Kurosawa dont le kimono a pris la couleur de l'orage.

J'ai posé ma pierre d'une blancheur de brouillard sur mes pages.

Cette histoire n'est pas *vraie*.

Elle est l'inoubliable en moi.

Tristan Karadec

Un dimanche de la mi-août, un homme grimpa les marches de l'autel de l'église Saint-Gildas. Il se signa, se retourna vers l'assemblée, et lança vers les voûtes :

– *Were you there when they crucified my Lord ?*

Les notes basses, vibrantes, tragiques emplirent la nef, et lorsqu'il répéta :

– *Were you there when they crucified my Lord ?*

d'une voix plus haute, plus impérative, plus douloureuse encore, mes jambes devinrent flasques et des larmes me montèrent aux yeux.

Une inconnue à mes côtés me chuchota :

– Étais-tu là quand ils ont crucifié notre Seigneur ?

J'ignorais qu'elle ne faisait que traduire les paroles. J'avais neuf ans, je connaissais le catéchisme et tout le saint-frusquin des étapes vers la crucifixion, mais pas l'anglais.

Sa question me tarabusta. Avais-je été là quand le Seigneur avait été cloué par les mains et les pieds à deux morceaux de bois ?

Stupéfié par ce chant et cette langue, troublé par l'intérêt que cette dame me portait, je regardai le Christ endormi sur sa croix et fis un immense effort pour tenter de me rappeler la nuit du Golgotha, l'odeur acide émanant des aisselles du pauvre Judas s'apprêtant à trahir, l'insomnie de Jésus, sa solitude, les ronflements des apôtres, l'aube et tout ce qui s'ensuivit, mais j'avais beau creuser mes souvenirs, non, je ne m'étais pas tenu sur le chemin de croix, non, je n'avais pas assisté à ce moment terrible où le Christ presque nu, sanguinolent, subit sa Passion, la sueur dévalant sur son visage, avec, autour de lui, sa mère se tordant les mains et les femmes geignant, s'évanouissant.

Je répondis à ma voisine :

– Non, madame, je n'étais pas là quand ils ont crucifié Jésus.

Mon père, pensant que je venais de proférer une insolence, m'envoya du revers de sa main un soufflet sur la joue et ma mère me fit les gros yeux.

En ravalant ma honte, j'en conclus immédiatement que je venais de mentir en pensée et en paroles, alors, pour faire acte de contrition, je dis à l'inconnue :

– Excusez-moi, je me suis trompé, j'étais là.

Les yeux indignés de cette femme sur papa, la façon si douce dont elle posa une main apaisante sur mon épaule m'ébranlèrent plus fort encore que la gifle.

Elle donnait tort à mon père.

Tort !

Je savais que le Christ aimait les petits enfants, qu'Il me *connaissait*, puisque madame-caté nous l'assénait. Il était au-dessus de nos têtes, voyait chacun de nos faits et gestes, lisait dans nos pensées, et, si ce n'était Lui, c'était son Père. Nous étions, enseignait-elle, un troupeau de brebis, plus ou moins égarées selon un principe dont les règles m'échappaient. Dans le même temps, on nous faisait apprendre par cœur la fable du « Loup et de l'Agneau » de La Fontaine :

– Si ce n'est toi, c'est donc ton frère.
– Je n'en ai point.
– C'est donc quelqu'un des tiens
Car vous ne m'épargnez guère,
Vous, vos bergers et vos chiens…

En regardant la télévision, ma mère s'énervait :

– On nous prend vraiment pour des moutons !

Tous ces ovins semaient un grand désordre dans mon cerveau.

Ce ne fut pas une décision que je pris, dans cette église, de reléguer mes parents dans une grotte de mon esprit. Cela m'advint. De ce moment, monsieur Kurosawa, mon ami intérieur, a pris le pouvoir. Il devint mon héros, mon Jésus en kimono, mon protecteur contre l'ennui et la tristesse, le biais par lequel toute conscience que j'avais du monde, toute confiance que je pouvais bâtir envers autrui, tout jugement, passèrent désormais.

Il savait mieux que moi ce que je faisais sur terre.

Monsieur Kurosawa n'aurait pas franchi le pont de l'Ailleurs si un garçon japonais n'était apparu un matin de septembre dans la petite école de mon village de Bretagne, dont la géographie n'a d'importance que pour la façon dont il s'attache à l'océan. Tout y est de mer, de conséquences de mer, de travaux ou loisirs maritimes ou s'y ramenant. Le cœur en est l'église romane juchée sur une hauteur et surveillant de son portail les villageois dont les noms s'égrènent dans le cimetière. Notre nom Karadec n'y est pas plus haut qu'un autre. De ce cœur, tout dévale vers le port ventru, modeste, aux quais bellement dallés bordés d'anciennes capitaineries, de deux jolies auberges-restaurants, d'une boulangerie rutilante, de tout un exotisme d'antan, en bref, qui attire les touristes en été.

Nous vivions, mon père médecin, ma mère infirmière et mon frère Gaétan, né douze ans avant moi et qui allait devenir vétérinaire, à l'extérieur du village, dans un lotissement bourgeois bâti l'année de ma naissance, en 1985, en bord de mer, près d'un bois de pin. Les demeures y étaient vastes, les jardins larges, des colonnes doriques en soulignaient les perrons et leurs noms, villa Jason, villa Circé, villa Pénélope, s'accompagnaient à côté de la boîte à lettres de moulages de bas-reliefs. La nôtre, la plus proche de l'océan, se nommait villa Ulysse et s'ornait d'une sirène à queue de poisson. (J'ignorais à l'époque que les sirènes de l'*Odyssée* étaient des oiseaux à tête de femme et l'aurais-je su que cela n'aurait rien changé au cours de cette histoire.)

N'importe quel enfant obéissant aurait été heureux dans la villa Ulysse à la baie coulissante donnant sur une pelouse, des hortensias, une table en bois et une cabane.

Je n'étais pas obéissant et je n'étais pas heureux.

Mes parents proclamaient partout que j'étais un paresseux et un menteur. Pourtant, je faisais beaucoup d'efforts pour échapper à la maussaderie des heures en plongeant dans l'infini des événements extraordinaires qui auraient pu se produire, et je ne croyais pas *mentir* lorsque je racontais qu'à la boulangerie j'avais assisté à un hold-up, que j'avais vu un sous-marin sortir des eaux, un léopard sur un toit, un diable cornu dans un bosquet, puisque c'était arrivé à la télévision, à la radio, dans l'un de mes livres de gosse, sur un chapiteau de l'église ou dans ma tête.

Pour moi, les aventures appartenaient à tout le monde.

Ma chambre s'ouvrait sur la lande de pins ; du salon,

nous apercevions par bouchées la plage qu'enserraient des bras de rochers. Une mince route goudronnée et peu fréquentée nous en séparait. Au-delà de cette langue de sable qu'envahissaient du printemps à l'automne des bateaux à voile, le pays était de falaises et de criques désertes.

À la frontière de cette sauvagerie, de ce désordre de vents, d'herbes rases, de joncs et de genêts, dans une bâtisse dite le Manoir (pour sa tourelle et ce que nous lui supposions de fantômes), s'étaient installés, en juillet 1993, les Kurosawa, un couple de Japonais et leur fils. Nous les pensions venus pour la saison, comme les Américains de l'année précédente, et l'été était un tel branle-bas de combat, surtout au centre médical de mes parents, que personne n'y prêta attention.

À la rentrée scolaire qui fut celle de mes huit ans, je trouvai, assis dans la classe à côté de moi, « le Jaune » – tel fut le sobriquet dont les élèves l'affublèrent immédiatement – en chaussures de cuir souple, chemise blanche immaculée, les cheveux plaqués en arrière que divisait comme un trait de craie une raie.

Nous étions une trentaine sous la houlette de la maîtresse, mademoiselle Micheline, une vacharde, et quand j'écris *vacharde* je me tiens à l'échelon bas de sa pestilence. En observant ses lèvres s'agiter pour faire l'appel, j'ai tout de suite vu qu'elles étaient de la race bec de corbeau, et pas du tout faites pour embrasser.

– Karadec Tristan.

– Présent, mademoiselle.

– Kurosawa Marc.

Elle prononça Ku-ro-sa-wa avec un je-ne-sais quoi de dénigrant dans la voix qui fit ricaner toute la classe, sauf moi, trop mortifié que j'étais d'être le voisin de cette plante exotique dont le nom, par-dessus le marché, jouxtait le mien dans la liste alphabétique. Plaindre autrui n'était pas dans mon caractère, mais le ton moqueur de cette sorcière me révulsa et je reconnus dans le geste que fit le garçon de rabattre ses cheveux en frange sur son front, comme s'il cherchait à disparaître, un mouvement qui m'était familier. À la récréation, menacé par une meute qui s'apprêtait à lui faire payer la blancheur de sa chemise, sa petite taille et ses yeux fendus, il s'est caché derrière mon dos, me désignant ainsi comme son protecteur. Dans la cour cimentée, s'étalait une immense souche d'arbre. Celui qui s'y perchait le premier était le roi du moment. Je l'ai entraîné, nous nous sommes ensemble juchés et ma main sur son épaule signala à tous notre alliance. Je n'étais pas un caïd mais le fils du docteur Karadec qui-voit-ta-mère-toute-nue, ce qui me donnait un sérieux avantage sur la bande qui nous cernait.

La vacharde saisissait toute occasion de se moquer des accents métalliques de mon camarade. La dégueulasserie de ça. Chaque fois qu'elle le faisait, je criais : « Ça ne se fait pas ! », ce qui me valait d'être fichu à la porte, mais je n'en démordais pas. Je crevais ses pneus, jetais des boules puantes sous sa chaise. En pensée.

Des légions de rumeurs circulaient sur les Kurosawa : ils étaient des millionnaires qui allaient transformer notre côte en golf avec atterrissage d'hélicoptères ; faire une culture d'algues de leur pays sur nos plages ; l'avant-garde d'une horde qui nous esclavagiserait comme les fourmis esclavagisent les pucerons ; des bouddhistes qui mettraient à mal nos traditions chrétiennes.

Comme j'étais le seul enfant à être invité au Manoir, on m'interrogeait :

– Qu'est-ce qu'ils font, les bridés ?

Je répondais au hasard : ils mangent, ils dessinent, ils font des poteries, ils lisent des livres.

– Tu as bien dû voir autre chose ?

– Ils ont un chat et une Vierge Marie.

– En quelle langue parlent-ils ?

Cette question m'embarrassait. Les Kurosawa s'adressaient à la dame qui les servait et à leur fils, devant moi, en français, mais ce français n'était pas fluide, pas de notre pays, il était plein des silences qu'y creusait l'absence d'articles définis ou indéfinis, et modeste en intentions.

Dans ma famille, toute phrase naissait dans un constat et aboutissait à un ordre – « Les pluies seront là demain, tu prendras tes bottines à la cave ». Les parents de Marc annonçaient les choses de même, mais en plus court – « Pluies demain » – et, apparemment, chacun était libre d'en tirer les conclusions sur ce qui lui était nécessaire de faire. L'atmosphère chez eux n'était ni morne ni gaie, aucun éclat de voix ou rire strident en dehors des nôtres ne la troublait. Le temps n'y était pas de la même eau que chez nous où tout s'agitait, se heurtait, se confrontait dans de grands mouvements d'écume, mais il faut dire que le Manoir était beaucoup plus vaste que la villa Ulysse. Lorsque Marc et moi jouions dans sa chambre si grande et si meublée qu'on aurait dit une maison, nous n'entendions que nous et nos jeux.

Cette demeure était tarabiscotée, truffée de recoins, d'escaliers, emplie de tableaux. L'un, immense, représentait un homme en perruque et habit extravagant que nous appelions Duc. Nous lui prêtions un palais, d'innombrables possessions et épopées. La rampe de l'escalier central se terminait par un hibou que nous ne manquions jamais de saluer au passage. À certaines fenêtres, il y avait des vitraux qui opacifiaient la vue et jetaient des *ombres de couleur* sur les parquets et sur lesquelles nous évitions de marcher.

Mon ami possédait deux voitures téléguidées que nous faisions tourner comme des mabouls dans la pièce, et des bandes dessinées japonaises – je ne connaissais pas le mot manga. Il voulait devenir astronaute et moi, comme tous les garçons du village, sauveteur en mer. Nous prenions nos repas dans une grande cuisine avec madame Louise, une femme du pays qui me semblait plus vieille que ma mère. Elle cuisinait des frites sur lesquelles elle envoyait une brume de vinaigre avec un vaporisateur.

Marc avait une bicyclette sur le porte-bagage de laquelle je grimpais après avoir retroussé mon pantalon et, accroché à sa taille, je partais en voyage dans les sentiers du parc. Nous nous cassions la figure sur des pentes boueuses, nous affalions dans des bosquets de ronces, je le poussais dans les côtes. Dans les allées de gravier, il m'apprenait à me servir de son engin en le tenant par la selle. Le guidon tremblait sous mes mains et il me donnait des petits coups de poing dans le bas du dos pour m'encourager. À mon tour, je l'ai promené dans le parc. J'ai le souvenir vif de mes mollets cuisant sous l'effort, de ma terreur de louper un virage. « N'abîmez pas les hortensias ! » nous criait madame Louise.

Un après-midi, nous avons découvert sur le tronc d'un grand chêne des vieilles planchettes clouées en escalier. Cachés dans un bosquet, nous avons guetté l'être qui logeait dans les frondaisons en inventant mille terreurs à son sujet, puis, armés de fléchettes, nous avons grimpé. Au carrefour des premières branches, dans la houle du feuillage, il y avait, pendue à un rameau, une affreuse poupée en plastique, et un *bateau* – pas moyen de baptiser autrement cette palette de chantier d'où nous pouvions voir la mer. La poupée fut immédiatement baptisée « mademoiselle Micheline » et notre navire « Par Dieu et pour le Roi ». Je ne sais plus pourquoi.

Capitaine ! Mon capitaine ! Terre en vue ! Des archipels, des orages et des tempêtes se succédaient à un rythme infernal. Nous combattions contre l'armée des Sordides, les soldats baveux-écumants de mademoiselle Micheline que nous détenions prisonnière, mais dont les pouvoirs maléfiques nous menaçaient.

Parfois, pour un mot, l'histoire dérapait.

Capitaine ! Capitaine ! Pirates à bâbord ! criai-je un jour. Marc confondant « pirates » et « piranhas », plutôt que de sortir son tromblon ou de pointer nos canons vers nos ennemis, donna mademoiselle Micheline à bouffer aux poissons cannibales en riant sauvagement. Après, dans des huttes, des Peaux-Rouges enragés la rôtirent, l'empereur d'une île émeraude la condamna à manger des morceaux de verre, nous la vendîmes à un marchand négrier réputé pour sa grande cruauté.

À ce festin-là nous étions des ogres.

L'après-midi achevée, nous prenions un goûter, faisions nos devoirs (ce qui se résumait pour moi à recopier les cahiers de Marc), nous nous lavions dans une baignoire branlante dont le robinet crachotait une eau orangée et dangereusement bouillante – et je me rappelle que madame Louise nous interdisait de faire couler l'eau au-dessus de nos chevilles et qu'elle nous tançait : « Ça suffit ! Ça suffit ! Lavez-vous le kiki et les fesses et sortez ! » Ensuite, nous descendions dans l'antre de sa mère, une grande pièce qui me faisait penser à une grange à cause de ses poutres tordues et de son sol en terre battue, et aussi à une serre pour la hauteur de ses fenêtres. Il y régnait une discipline qui m'était étrangère, mystérieuse. Chez nous, dans le garage, seule pièce de la villa Ulysse que je lui comparais pour l'unique raison que la porte en était vitrée, tout était rangé sur des étagères. Les insecticides et matières dangereuses étaient dans un coin, un grand carton indiquait TOXIQUES, puis venaient les pots de peinture, les outils, les produits d'entretien. Au milieu, trônait la voiture de mon père et l'endroit sentait l'essence.

Dans cet atelier du Manoir, des écheveaux de crin suspendus aux poutres frôlaient des caissons de foin, d'étonnants pinceaux dont certains ressemblaient à des queues de lapin surplombaient des fioles et des boîtes sous lesquelles s'alignaient des gros sacs en plastique transparent contenant des terres de différentes teintes, compactes et humides. Dans une alvéole, une très belle Vierge en bois était juchée sur une sorte d'autel en briques entouré de bougies allumées.

Madame Kurosawa, petite, grassouillette, boudinée dans un large et long tablier noir qui lui prenait tout le devant du corps et se fermait sur son postérieur, nous jetait à peine un regard. Marc et moi nous posions côte à côte sur un petit banc bas à distance d'elle. Les mouvements nerveux des pieds de mon ami me faisaient comprendre que cette visite l'horripilait.

Pas moi.

La vision de cette femme façonnant des formes sur

une table, les plaçant à l'intérieur d'un four cylindrique, les en extirpant avec des moufles, déclenchait en moi un rythme neuf. Cette manière qu'elle avait d'examiner son travail, les yeux à demi clos, de s'en écarter puis de saisir dans un panier un galet avec lequel elle frottait la surface de l'objet me captivait. Sur un signe d'elle, Marc et moi nous approchions, il hochait la tête poliment tandis que j'étais empoigné par le chaos des couleurs.

Juste avant de quitter la pièce, mon camarade se débrouillait pour voler une pierre dans le panier. C'était son butin ou sa vengeance.

Après le dîner, nous allions dans le grand salon du Manoir où nous retrouvions le père de Marc, une cigarette aux lèvres, perché sur un haut tabouret, dessinant sur de grandes feuilles, et sa mère en tunique longue et mules mauves. Elle se versait du whisky dans un grand verre carré en caressant un chat. Ses petits rires d'ivrogne étaient pénibles.

Avant de remonter dans la chambre, nous courions vers la falaise et Marc lançait furieusement le galet subtilisé vers l'océan en vociférant en japonais.

Les Kurosawa allaient à l'église le dimanche. Marc s'asseyait à côté de moi. Je posais mon missel sur une chaise pour lui réserver la place. Mon père le retirait et je le remettais. Cette lutte silencieuse. Mes parents et ceux de Marc se parlaient quelques minutes sur le parvis. Papa me disait devant eux : « Tu devrais inviter ton camarade à la maison un de ces quatre matins », ce à quoi ma mère ripostait, dès qu'ils avaient le dos tourné : « Il ne manquerait plus que ça. » Elle affirmait que ces Japonais ne pouvaient pas être des chrétiens et que Jésus-Christ et le prénom Marc n'existaient pas chez eux.

– N'existent pas ! Mets-toi bien ça dans le crâne, Tristan !

Un jour de juin, la sonnette de la récréation retentit, mon ami me retint et sortit de son pupitre un paquet prodigieusement emballé dans un tissu à motif de vagues et de vents. À l'intérieur, le livre était, après le tissu, la deuxième merveille du monde avec cet extraordinaire dragon en couverture et ce titre *Contes japonais*. Je ne m'attendais pas à un tel cadeau et, comme je n'avais rien pour lui, je me sentis misérable et honteux. Dans ma poche, j'avais un vieux porte-crayon plat en métal terni volé dans un tiroir de mon père et dont je ne me séparais jamais. J'en aimais la forme aplatie, le contact froid et la laque rouge du crayon. C'était mon porte-bonheur sans lequel, j'en étais certain, tout irait de mal en pis.

Je l'ai donné à Marc et tout alla de mal en pis.

Mon camarade ne cessa de tourner et retourner cet objet dans ses mains, puis il prit des ciseaux à bout rond et lentement, patiemment, tailla le crayon, recueillant précautionneusement sur une feuille les éclats de bois. Sa tâche achevée, il prit l'ouvrage qu'il venait de m'offrir et écrivit au revers de la couverture « Au revoir, mon ami Tristan ».

Il ne revint pas à l'école le lendemain. Ni jamais. La vacharde me fit écrire au tableau « Marc est parti » et, devant toute la classe, m'attrapa par le postérieur en ricanant : « K plus k, ça fait caca, tu seras plus propre sans ton jaune. »

Lorsque je rapportai cela à mon père, il prit un carton, écrivit dessus « Je suis un menteur », l'épingla au dos de ma chemise et m'accompagna à l'école pour être sûr que je ne le retire pas.

– Karadec est un menteur ! Karadec est un menteur !

– Répète et tu compteras les morceaux de ton nez.

Le soir, je tournais les pages du livre et caressais les merveilleuses images. L'une en particulier me fascinait. Un Japonais dans un habit somptueux, étrangement coiffé d'une sorte de bigouden noir, assis en tailleur sur une terrasse en bois, s'inclinait vers une minuscule table sur laquelle étaient posés des instruments d'écriture ou de peinture. Il ressemblait de très loin à Marc et la terrasse à notre bateau dans le chêne.

J'ignorais où peut mener le manque d'un ami et, l'aurais-je su, que peut-être n'aurais-je pas cru en ce personnage en kimono qui surgit, s'installa sur mon lit et avec lequel je me mis à bavarder en l'appelant « monsieur Kurosawa ». Sa présence qui devint une habitude m'éloignait de la villa Ulysse, de l'irascibilité de ma mère, de la dureté de mon père, des absences de mon frère, de l'odeur des lessives, de l'école.

Les vacances d'été venues, j'ai rôdé dans le parc du Manoir aux volets fermés avec mon nouvel ami dont les habits ne cessaient de changer de style et de couleur. Dans le chêne, nous nous sommes juchés à la proue de *Par Dieu et par le Roi*. De la poupée Micheline-la-Vacharde ne restait qu'un bras potelé en plastique rose que j'ai jeté au loin. Je ne voyais plus que la mer, la mer à perte de vue, et sur laquelle le capitaine Kurosawa dirigeait une jonque fabuleuse dans laquelle j'embarquais pour un périple entre des îles désertes et des atolls luxuriants.

Je n'étais jamais monté sur un vrai bateau.

Sur la plage en face de la villa Ulysse s'alignaient des voiliers. L'un me plaisait particulièrement pour sa voile rouge, son nom *Bel-Ami* peint sur sa coque et l'allure de son propriétaire, un homme pas du pays, vieux comme l'hiver, long et maigre, à la chevelure blanche et épaisse. J'admirais ses gestes précis, la façon dont il embarquait, un pied à bord, un pied dans l'eau, et le spectacle de cette voile rouge triomphant de l'océan m'électrisait.

Dès que le marin descendait ou remontait son bateau, je courais l'aider. Quand il gréait son embarcation, je furetais autour de lui comme un chien.

Un jour, il me dit :

– Tu veux faire un tour, mon pote ?

Cette question !

Il m'expliqua le safran, la dérive, les écoutes du foc. Au large, il m'ordonna :

– Prends la barre.

« La mer n'est pas un cheval que l'on dompte, détends-toi », fut son premier conseil. Le kornog dont je ne connaissais que le nom de vent soulevait les vagues, gonflait la grand-voile. Capitaine ! Capitaine ! Terre en vue ! Il n'était plus question de cela. J'étais minuscule, un fétu dans la force de l'océan dont le ventre retenait tous les perdus et disparus en mer des tombes de mon village. J'étais concentré, attentif aux directives, plus concentré et attentif que je ne l'avais jamais été en classe, or je claquais des dents, chaque mouvement de houle me retournait le cœur. Par trois fois, le vieux m'a dit : « Tu es gelé et tu as l'air malade, nous allons rentrer. » Par trois fois, je lui ai menti : « Je vais très bien, j'ai toujours l'air comme ça. » Il m'a forcé à enfiler un pull épais, autrefois bleu, effiloché aux poignets. La façon dont il a enroulé les manches, le poids du chandail sur mes épaules sont intacts dans ma mémoire.

Il s'appelait Jacob.

À heure fixe, j'allais sur la plage, suppliant tous les saints du paradis qu'il m'embarque, et ma prière était exaucée. Un jour de pluie, il me prêta la combinaison de mon-petit-fils-qui-est-en-Australie, un autre, il m'offrit des crêpes sur le port.

Il louait une petite maison au centre du village et y passait plusieurs mois par an. Je pris l'habitude de sonner si je voyais de la lumière. S'il était avec des amis, je lui demandais :

– Je te dérange ?

– Toi, tu ne me déranges jamais.

Il me présentait à ses invités, leur parlait de moi et de mes talents de marin avec de tels accents d'admiration et d'amitié que tous m'accueillaient, et quand je les croisais sur le port, ils me saluaient d'un :

– Salut, mon pote !

Sur un meuble de son salon étaient exposées les photos de sa famille.

– Eux, ce sont mes parents le jour de leur mariage, elle, c'est mon épouse Élise avec notre deuxième fille dans les bras, lui, c'est John, mon petit-fils, celui qui vit en Australie, cette grande bringue blonde, c'est ma première fille qui habite en Allemagne. Non, Élise ne vit pas avec moi.

Une bibliothèque était là, imprécise, mouvante, en désordre, pleine d'objets. Une sorte de gnome en céramique de forme pyramidale, un peu vert, un peu brun, boueux, avec deux trous pour les yeux et un vague relief pour la bouche, était surmonté d'un petit drapeau sur lequel était écrit : « Vive Jacob, mon papa ! »

Si j'avais donné une chose pareille à mon père, il l'aurait flanquée à la poubelle.

Douze cadres s'alignaient sur une paroi. Pas des peintures, ni des gravures, mais des broderies éclatantes de couleurs. Je les trouvais jolies mais enfantines, un peu ridicules même avec leurs maisons, leurs champs, leurs petits personnages naïfs.

L'histoire, qui était celle de la mère de Jacob et brodée par elle-même, se lisait de gauche à droite et de haut en bas. Dans le premier tableau, on voyait une maison au toit en chaume. Une vigne courait sur la façade, des petits points mauves indiquaient que les grappes étaient mûres. Il y avait, devant, un couple et quatre enfants. Les deux filles aux cheveux en laine jaune étaient aux côtés de leur mère, les deux garçons à la droite de leur père portaient des chapeaux noirs à large bord découpés dans du feutre. Un chien était couché devant eux, la langue pendante.

– Ils l'ont tué à cause de ses aboiements, commenta Jacob. Dans l'épisode suivant, l'une des sœurs est arrêtée par des soldats, l'autre, ma mère, se dissimule dans le creux d'un arbre. Un militaire la cherche mais il n'ose pas s'approcher de sa cachette à cause de l'essaim d'abeilles. Tu le vois cet essaim ?

Je voyais une grosse masse de nœuds en laine brune.

Dès la troisième broderie, il ne restait qu'un seul personnage, celui de la petite fille aux cheveux en laine blonde, avec des yeux comme des billes et un trait à la place des lèvres. Sur la dernière, elle était sur le ponton d'un paquebot au-dessus duquel volait un cheval ailé et de grosses larmes en fil noir coulaient sur ses joues.

Jacob et moi bavardions comme des pies et j'avais l'illusion que ma vie avait été aussi longue que la sienne tant il accordait de poids et de respect à ce que je lui racontais de mon ami Marc et de monsieur Kurosawa. Lui aussi avait un ami intérieur, un ange décati aux ailes mitées auquel il obéissait parce que, disait-il, « il sait mieux que moi ce que je fais sur terre ».

Nous étions frères de solitude et de songes.

J'ignorais que c'était si rare.

Un matin que, dans sa maison, je lui reprochais de ne pas vouloir aller en mer sous prétexte d'une petite pluie, il me répondit avec douceur :

– Hier, il y a quarante ans exactement, ma mère est morte. Si tu veux bien rester, j'en serais heureux.

– De toute façon, il n'y a pas de vent, bougonnai-je en me calant dans un fauteuil.

Il parla aux broderies dans une langue bizarre qui me fit sombrer dans le sommeil.

– Tu dors, Tristan ?

– J'ai fait un drôle de rêve, Jacob. Mon ami intérieur et ton ange dansaient autour de la petite fille aux cheveux en laine jaune.

Ma déclaration le troubla tant qu'il éternua cinq fois de suite.

– Tu as reçu un message de la grande mémoire, me dit-il en se mouchant et en me désignant le cheval sur la dernière broderie. Ma mère prétendait que la grande mémoire est un cheval ailé qui vous suit mais ne porte pas que soi sur son dos.

La grande mémoire est un cheval ailé qui vous suit mais ne porte pas que soi sur son dos.

Le mystère de ces mots me parut si immense que je les écrivis sous une étagère de mon placard, et plus tard, dans mon Cahier de pensées.

Mes parents ne rencontrèrent jamais Jacob. Pendant les mois d'école, ils ne se préoccupaient pas de mes pérégrinations ou considéraient, souvent à raison, que tout ce que je leur en disais n'étaient que carabistouilles. Pendant les vacances scolaires, ils filaient au centre médical en me confiant à mon frère Gaétan qui, à peine avaient-ils le dos tourné, me fabriquait un sandwich et partait étudier chez un ami.

Pendant les repas, mon père dévidait avec des accents énervés ses consultations médicales comme on assène des mises en garde ou des leçons de morale. À l'entendre, ses patients étaient tous frappés par des maladies méritées. Ma mère renchérissait sur son ton d'infirmière ulcérée par la bêtise des gens, mon frère révisait à table, et moi, s'il me venait la folie de parler, je prenais en plein front, par le biais d'un geste ou d'une remarque aigre, la mesure de ma médiocrité, de mon existence nuisible, et puisqu'à leurs yeux elle l'était, je ne trouvais d'autre solution que de les provoquer.

– Qu'as-tu fait cet après-midi, Tristan ?

– J'ai nettoyé la cage d'un tigre.

– Sors de table.

Dans ma chambre, je retrouvais monsieur Kurosawa et ensemble nous rêvions à la voile rouge. La nuit, quand *ça* n'allait pas en moi, nous sortions par la fenêtre pour aller revoir le bateau de Jacob.

Enfant, régulièrement, *ça* n'allait pas en moi. Un cauchemar me réveillait et la crise surgissait. Je ne l'appelais pas *crise*, bien qu'ayant conscience d'avoir été propulsé dans un chaudron de panique. L'angoisse me tétanisait, me tambourinait le cœur, me martelait le ventre. Alors, je haïssais la villa Ulysse jusqu'à la moindre de ses odeurs et il me fallait de toute urgence m'enfuir.

À dix ans, à force d'entendre mes parents me le répéter, j'avais compris qu'ils me trouvaient *bizarre*. Mais moi aussi, je les trouvais *bizarres*, mes parents-jamais-là, réglant leurs comptes sur le mode des portes claquées et des paires de gifles, et, par extension, je trouvais tous les adultes bizarres, sauf Jacob, monsieur Kurosawa et mon frère Gaétan.

Le passé d'un garçon agité n'est pas poétique. Les enfants insomniaques et malheureux ne tirent pas de grandes leçons sur la vie. Pourtant, lorsque avec monsieur Kurosawa lors de nos maraudes nocturnes, j'ai vu les yeux jaunes d'un hibou dans un pin, une femme nue assise sur son seuil caressant un chat, un navire militaire éclairé comme en plein jour ; vu tant et tant de silhouettes immobiles derrière des vitres ; des goélands dormant, des bernard-l'hermite courant à toute vitesse entre des roches, des nuages de plancton réverbérant les étoiles, un couple marchant au bord des vagues en chantant *Mais je ne pourrai jamais vivre sans toi*, une petite fille en chemise de nuit perchée sur le rebord de sa fenêtre ; vu aussi une nuit de grande marée la plage au plus immense d'elle-même et, sous la lumière d'une lune rousse, mon ami intérieur danser entre les deltas des eaux, j'ai été, avant que d'en chercher l'introuvable signification, atteint par les phéromones de la poésie.

Je n'étais pas comme le Petit Prince un être moral, bon, pardonnant sa cruauté à sa rose, réfléchissant au ridicule d'un roi, capable de dialoguer avec un renard. Je n'avais pas rencontré un aviateur en détresse, et même si je souhaitais souvent qu'un astre m'aspire, je ne venais pas d'un astéroïde, mais d'un ventre qui n'avait pas bien supporté mon passage.

Accouchement difficile, hémorragie interne, trois semaines en soins intensifs, diarrhées post-natales, varices, nuits atroces. Ma mère me déversait cette litanie dans les oreilles.

– Tristan pesait à peine deux kilos et demi. J'étais si

fatiguée et malade, et lui, il se réveillait toutes les heures. Et pour le vôtre, ça s'est bien passé, madame Troadec ?

– En rapport, c'est sûr, le mien faisait quatre kilos et deux cents grammes. Allez, tout passe au cœur des femmes.

– Sauf l'ingratitude, madame Troadec.

– Ah, ça ! Mais, avec mes excuses, madame Karadec, votre petit Tristan n'a pas choisi d'être né et on n'est pas ingrat à son âge. Comme disaient nos aïeux, c'est de lui crier dessus et de la battre qui rend la bête mauvaise.

Tout petit, j'ai entendu ce dialogue entre ma mère et madame Troadec, l'épicière du village.

Tout petit, ma mémoire enregistrait des choses.

À la rentrée scolaire de mes neuf ans, monsieur Kurosawa dansait derrière les vitres de la classe.

Mademoiselle Julie, la nouvelle maîtresse, une femme plutôt gentille, convoqua mes parents.

– Elle nous dit que pendant les leçons tu regardes par la fenêtre et que tu ne t'intéresses à rien. Moi à ton âge, j'étais deux classes au-dessus de toi, je faisais quatre kilomètres à pied pour aller à l'école, huit en tout, le soir je rentrais le bétail. Chez nous, il n'y avait pas de chauffage et ça ne m'empêchait pas d'être premier de la classe ! me sermonna mon père.

Tête baissée, je dessinais sur le carrelage des vagues avec mes pieds.

– Tu m'écoutes, Tristan, ou est-ce que tu t'en fous ?

– ...

– Je vais t'apprendre à t'en foutre !

Il dénoua sa ceinture et m'en cingla les jambes. Cette douleur, ce galop dans la maison pour lui échapper. Je courais vite. Il pantelait, mon père, en me plaquant au sol.

Les punitions succédaient aux punitions, la villa Ulysse se transformait chaque soir en un champ de bataille où deux camps s'affrontaient, puis il y eut l'épisode de l'église – Étiez-vous là quand ils ont crucifié le Seigneur ? – qui fit de moi un absolu croyant en un être unique : monsieur Kurosawa.

Je ne l'inventais pas : il était là.

Qui était-il ?

Curieux exercice que d'essayer de définir un compagnon intérieur. Il faut trouver le terme juste et ce n'est pas lui qui me le soufflera. Monsieur Kurosawa ne s'intéresse pas à l'en-soi, aux confidences, il se nourrit de grandes failles et de surgissements. Il n'est pas un protecteur qui chercherait à éloigner ou neutraliser les orages qui menacent ou un consolateur.

J'en parle au présent car si la proximité qui fut la nôtre dans mon enfance n'a pas la même intensité, il est comparable à un ami précieux vivant dans un pays lointain et qui parfois me rend visite.

Lorsque j'étais gamin, il ne m'obéissait pas plus que maintenant, n'était pas à ma disposition comme un jouet, ses humeurs ne correspondaient pas aux miennes. Il dansait sur la plage de la manière la plus étrange qui soit, en déployant ses bras à la parallèle de l'océan, en soulevant haut ses jambes maigres et pâles parmi les eaux ruisselantes, les squelettes des poissons, les algues, les déchets. Ses pieds dessinaient d'éphémères paysages dans lesquels je me baladais. Il lui arrivait, dans ses moments tragiques, de taillader ses cheveux et de les jeter dans les vagues.

Il m'est arrivé de faire cela aussi, mais je ne peux me résoudre à le croire mon double, même si, comme moi, il n'aimait pas l'odeur d'eau de Javel, la couleur lavande de mon dessus-de-lit, et que parfois, *ça* n'allait pas en lui.

Nous n'avons pas du tout le même caractère.

Mon ami intérieur est indissociable de mon chien Sultan. Des mois séparent pourtant leurs arrivées dans ma vie, mais je ne les vois pas l'un sans l'autre, de même que je leur associe Jacob et son voilier, les mules mauves de madame Kurosawa, les marches en planches autour du chêne, le livre de contes, mon porte-crayon, mes séances chez le psychiatre Donnadieu et ma découverte de la pierre-esprit de l'inoubliable.

Tout cela ne fait pas une chronologie, mais un tout d'enfance.

Au cours de l'été de mes onze ans, Jacob et moi naviguions. Je barrais, il réglait le foc, la mer était étale, notre vogue lente.

– Mon pote, je pars en Australie demain.

– Après, tu reviendras, répondis-je distraitement.

– Non, j'ai rendu ma maison.

Le ciel, le kimono de mon ami intérieur, la mer devinrent noirs. Je fus pris d'une envie affreuse de jeter le bateau sur les roches.

Jacob attrapa la barre, me serra contre lui et me souffla :

– Je n'ai jamais aimé un enfant autant que toi, Tristan.

De retour sur la plage, je fis tous les gestes qu'ensemble nous avions faits cent fois : rouler la voile, ranger les écoutes, mettre la bâche, avec au fond de moi ce refrain : « C'est la dernière fois, c'est la dernière fois, c'est la dernière fois », mais aussi, j'étais dans l'éblouissement de cette phrase : « Je n'ai jamais aimé un enfant autant que toi. »

Nous avons marché sur la mince route en nous tenant par la main. Nous ne nous parlions pas, nous nous regardions par petits à-coups avec gravité, et de voir ses yeux embués me donnait mal au ventre.

– Moi, je n'ai jamais aimé un enfant autant que Marc Kurosawa, lui déclarai-je sur le seuil de sa maison, et je n'ai jamais aimé un homme autant que toi, Jacob.

Nous nous faisions face, il mit ses paumes sur mes joues.

– Tu es béni du ciel, Tristan.

Je me suis accroché à sa taille jusqu'à ce qu'il m'écarte de lui et se détourne.

Je pense que nos mémoires sont des cieux dans lesquels nos immenses bonheurs et nos grands cataclysmes sont des étoiles, des repères de navigation, et lorsque je songe à Jacob, je le vois comme une constellation et un cheval ailé rescapé de l'abattoir parental.

Quelques jours après son départ, mon père me tendit une enveloppe qui m'était adressée. Elle était ouverte.

– Ainsi te voilà propriétaire d'un bateau et d'un avoir de deux cents francs à la voilerie pour réparer un foc ? De quelle bêtise as-tu payé cela ? grinça-t-il d'un ton glaçant, accusateur.

Sans attendre ma réponse et sans s'expliquer, il m'enfourna brutalement dans sa voiture et me conduisit chez l'un de ses confrères médecins qui m'examina l'anus et les parties génitales en me posant des questions. Si j'avais déjà mis le pénis d'un homme dans ma bouche. Si j'avais déjà laissé quelqu'un me tripoter.

– J'espère pour toi que tu n'as pas menti, Tristan, me menaça mon père qui ne s'en tint pas là.

Une femme gendarme vint à la maison et s'enferma avec moi dans ma chambre.

– Je suis là pour ton bien, tu peux tout me dire.

Elle me montra des croquis que j'ai déchirés.

– J'en ai marre de vos histoires !

Papa me traîna chez une voisine de Jacob.

– Avez-vous déjà vu cet enfant avec monsieur Stein ?

La dame me jeta un regard éberlué.

– Qui est cet individu, Tristan ?

– Comment savez-vous le prénom de mon fils ?

– Je le connais, nous nous croisons souvent.

Je dis à la dame :

– Papa croit que Jacob m'a donné son bateau pour avoir joué à la quéquette avec lui.

Il ne fallait quand même pas me prendre pour un idiot. J'avais onze ans, je ne comprenais pas encore bien la mécanique des zizis, mais je regardais la télévision.

Elle devint toute blanche d'abord, puis rouge.

– Vous connaissez Jacob, monsieur ?

– Non, madame, mais la vie m'a appris que l'on n'a rien sans rien. Je suis médecin et pas né de la dernière pluie.

– Je ne sais pas ce que fait la pluie dans ce sujet.

Vous êtes médecin ? Je vous aurais cru romancier. Imaginer que Jacob ait offert son bateau qui était la prunelle de ses yeux à un enfant qu'il aimait profondément, en échange de services de cette nature, c'est...

Elle chercha le mot sur le visage de mon père.

– ... horrible.

Horrible. C'était si parfait.

En descendant vers le port, papa me demanda sévèrement :

– Qui est ce Jacob Stein, Tristan ?

– Un cheval ailé.

– Tu te fiches de moi ?

On ne pouvait pas discuter.

À l'intérieur du placard de ma chambre, sous une étagère, j'écrivais leurs noms : Marc Kurosawa, monsieur Kurosawa, Jacob Stein, Bel-Ami. Je collais des images de Pégase et d'arbres, je dessinais *mon* bateau et sa voile rouge pour oublier les complaintes parentales qui toutes commençaient par : « Moi à ton âge » ou « Tu es une pierre dans notre sac à dos ».

– Tu es une pierre dans notre sac à dos, Tristan, il faut te porter, tout le temps te porter.

Un jour de ras-le-bol, je leur dis :

– Je suis peut-être une pierre, mais vous vous êtes des menhirs, et moi je ne suis pas Obélix.

Ma mère ayant soulevé sa main-à-baffes, je prononçai la formule magique :

– Si tu me tapes, je le dirai à Gaétan.

Mon frère leur avait interdit de me frapper.

L'autre leitmotiv était :

– Ta mère et moi avons eu une jeunesse difficile, mais nous avons su faire face à toutes les épreuves avec hardiesse et persévérance.

J'ai longtemps cru que Hardiesse et Persévérance étaient des vachardes du genre de mademoiselle Micheline. Hardiesse leur avait appris à me battre, Persévérance à me pourrir la vie.

Bravo.

Je n'éprouvais aucune compassion pour ce que papa me martelait de son enfance misérable : six gosses dans une baraque déglinguée de trois pièces, un père-héros-résistant-de-la-première-heure revenu en miettes d'un camp en Allemagne, une mère-courage morte d'épuisement, ses nuits d'études – « et je m'occupais des bêtes et du potager pour nourrir mes frères et sœurs, des ingrats qui ne m'en ont jamais remercié, ils ont vendu la ferme et ont fichu le camp au Canada, tout juste s'ils envoient une carte à Noël ».

Pourtant, à la Toussaint, lorsque nous allions fleurir la tombe de ses parents dont les noms Marcel Karadec et Geneviève Karadec étaient les derniers d'une flopée de disparus en mer, morts au combat, partis à peine nés, j'étais fier de le voir droit et digne parmi les sépultures entre lesquelles trottinaient des vieillards courbés et d'autres qu'il dépassait d'une tête. La déférence avec laquelle ils le saluaient m'éclaboussait. Il pliait sa haute stature vers eux, leur prenait les mains et leur parlait avec une telle bonté : « Ça me fait bien plaisir de vous voir sur vos deux jambes madame Audren » ; « Et votre petit-fils, monsieur Le Goff, il l'a eu son baccalauréat ? Vous voyez, il ne fallait pas vous inquiéter ». J'entendais : « Un père tel que le tien. Il a sauvé notre petite Janine. Sans lui, je ne serais plus de ce monde », etc. Sa façon d'approcher les familles des « fraîchement décédés » (ainsi que l'on disait curieusement) était seigneuriale. Il tenait un sanglotant contre lui et je voyais bien que ses paroles faisaient un bien fou aux familles.

Dans ce cimetière, il m'apparaissait confusément que mes parents se situaient à des degrés différents de la hiérarchie du Bien. Il était dans ses hautes œuvres et elle dans ses basses.

« Ta mère est bien gentille », me disaient les gens. *Bien gentil* était une expression que les villageois réservaient à certains estivants ou étrangers qu'ils appréciaient.

« Ta mère, elle est pas née, c'est la cuisinière au notaire qui l'a dit à ma sœur. »

J'ai entendu cette phrase à l'école Saint-Gildas.

Ta mère, elle est pas née.

– Je vais te l'envoyer, ma mère, et tu verras si elle est pas née ! Des fois, je préférerais.

La poitrine pleine, les yeux clairs, les joues rouges, maman arrivait tout juste au niveau du torse de papa et faisait deux fois sa largeur. Je ne pouvais la penser dans un paysage différent du nôtre, faisant autre chose que son métier d'infirmière, préparant des repas, en adoration devant mon frère, parlant d'un ton d'écolière de ses visites médicales à mon père, notant ses conseils et me distribuant ordres, reproches, gifles et coups de pied aux fesses.

Les pécheurs rôtiront en enfer. Elle, elle me rôtissait du matin au soir sur terre. Où est ton cartable, Tristan ? J'avais trois secondes, pas quatre, pour le trouver ce fichu cartable, mais entre le moment où je l'avais mis quelque part et celui où cette question surgissait, il s'était passé tant et tant d'événements, j'avais reçu tant et tant de visites de lutins, Martiens, monstres, fées, animaux incroyables, et le ton de sa voix me paralysait. Mon cartable ? Avec elle, tout se conjuguait au trop tard. Il est là, imbécile ! Tu as pensé à ton maillot de bain ? Et tu vas y aller comment à la piscine ? À poil ? Tape sur la tête. Le pire était les jours de carnet scolaire.

Passons.

Maman portait les arrosoirs, aidait aux plantations et à nettoyer les tombes. Merci madame Karadec, vous êtes *bien gentille* madame Karadec.

Depuis, un linguiste m'a appris que dans notre région, le mot *gentil* avait longtemps signifié barbare ou païen, et que les mots que nous employons ont une vie propre, jonglent avec le passé et le présent de nos âmes et se jouent de nous.

Ma mère était née Guérin.

Il n'y avait pas de Guérin dans le cimetière dont le docteur Karadec était le roi.

Mon pauvre papa et ma pauvre maman luttaient courageusement pour que je ne termine pas vaurien-en-prison.

– Nous faisons tout ce que nous pouvons, Tristan, heureusement que ton frère n'est pas comme toi.

Pour mettre un terme à mes fugues nocturnes, ils mirent une targette à ma porte et une barre à l'extérieur de mes volets.

Pas enfermer monsieur Kurosawa, s'offusquait mon ami intérieur en faisant tournoyer son sabre court, qui était le manche de la fourchette avec lequel je soulevais la barre, et nous filions dans la nuit.

Il paraît que l'on ne naît pas nyctalope mais qu'on le devient.

– Vous voulez le mettre en internat ? À son âge ? Pourquoi ?

Un barbu avec lequel je venais de passer une heure au cours de laquelle je n'avais fait que dessiner discutait avec mes parents qui me pensaient dans la salle d'attente, mais moi, comme les yeux d'une fille qui y était ne m'avaient pas plu, j'avais filé dans le jardin, et j'entendais tout.

– Il fugue et c'est un menteur atavique, docteur Donnadieu, dit mon père.

– Mon époux pense que Tristan a le même caractère que ma mère, intervint maman.

Accroupi, je m'interrogeais : comment ça, le même caractère que mamie Simone ? Je n'avais rencontré ma grand-mère Guérin qu'une fois. Maigre et grande comme un homme, avec une voix d'homme, vêtue comme un homme, se tenant jambes écartées les mains dans les poches de son pantalon, elle m'avait fait peur et l'atmosphère était si lourde lors de cette unique visite que mon frère et moi nous étions enfuis.

– C'est un problème ?

– Un problème, ma belle-mère ? éructa mon père. Elle vit de rapines immobilières, passe son temps à inventer…

– C'est plutôt qu'elle ne s'est pas mariée et que je n'ai pas eu de père, le coupa maman.

– Je ne comprends pas. Quel est le rapport ?

– Le rapport ? Si vous ne voyez pas le rapport, docteur Donnadieu, c'est que vous n'avez pas eu une belle-mère qui n'admet pas l'autorité masculine. Ça émascule.

Plus tard, j'ai consulté le dictionnaire :

Émasculer. *Syn. : castrer. Litt. : rendre faible, priver de sa force.*

– À quoi ça sert de castrer un animal, Gaétan ?

– À l'empêcher de faire des enfants, petit frère.

La semaine suivante, le docteur me tendit un porte-clefs.

– Vous avez oublié ceci dans la salle d'attente.

Vous ? Aucun adulte ne me disait vous.

– Si le *vous* vous gêne, on peut se tutoyer et s'appeler par nos prénoms. Le mien est Marc-Antoine.

– J'avais un ami qui se nommait Marc.

– Voulez-vous m'en parler ?

Tendre piège, me souffla mon ami intérieur.

– Je l'ai tué.

Mes yeux droit dans ceux du barbu pendant de longues secondes. J'essayais de lui faire peur, comme aux autres psys que j'avais connus, mais c'était moi qui soudainement avais peur, terriblement peur qu'il me croie. Je voulais me reprendre, lui dire, Je n'ai tué personne, c'est un mensonge de menteur, mais voilà, c'était trop tard. Pour échapper à la prison, je partirais sur *Bel-Ami* avec monsieur Kurosawa et je me cacherais dans une île.

Il me sourit.

– Je vous écoute, Tristan, ou préférez-vous dessiner ?

J'ai crayonné une grande spirale avec au centre un bateau et deux visages dont l'un avait les yeux bridés. En périphérie, j'ai mis un ange au-dessus duquel j'ai écrit *Jacob*, et à ses côtés, pour me moquer (croyais-je) de ce psy, une silhouette de fantôme comme dans les bandes dessinées : un drap en tente avec deux yeux.

– Ça, ai-je dit, c'est mon secret et je ne te le dirai pas.

– Quelquefois les secrets mangent la tête, c'est bien de les laisser vivre ailleurs, de mettre un peu d'espace entre eux et nous.

Il me tendit un petit coffre à cadenas.

– Si tu veux, tu peux écrire ton secret sur une feuille, la mettre là-dedans, refermer la boîte et garder la clef.

Surpris par sa gentillesse et, du coup, honteux de ma roublardise, je louvoyai :

– Est-ce que tu crois aux anges ?

– J'en vois un qui se nomme Jacob sur ton dessin.

– Non, Jacob, c'est celui qui obéit à l'ange.

L'émotion dans ses yeux me soulagea d'un poids énorme. Il n'était pas un zombie comme les autres, lui.

– Tu as mis deux visages sur un bateau, à l'extérieur l'ange de Jacob et un fantôme. Tu navigues ?

– Je *possède* un voilier, lui répondis-je hautainement, c'est Jacob qui me l'a donné. Mes parents sont sûrs que je l'ai payé avec une bêtise.

– Avec quel genre de bêtise croient-ils que tu l'as payé ?

– Ils ne connaissent pas Jacob, ils ne savent rien de lui mais ils pensent que j'ai fait des saloperies avec son zizi. Un médecin et une gendarme m'ont montré des trucs dégueulasses. Ils m'accusent de mentir tout le temps, mais moi, je mens pour de faux, eux mentent en vrai. Ils disent que Jésus-Christ n'habite que chez nous, mais de Jésus-Christ, ils s'en moquent puisqu'ils me tapent dessus, m'enferment et ne m'aiment pas.

– Pourquoi crois-tu qu'ils ne t'aiment pas ?

– Parce qu'ils abîment ceux que j'aime.

Il poussa un soupir et désigna la feuille.

– Il y a deux personnes là.

– C'est moi et mon ami Marc. Il est parti. Comme Jacob.

– Il est peut-être parti, mais il n'est pas absent puisqu'il est avec toi dans le bateau, et Jacob aussi est présent puisque son ange est là, ce serait peut-être bien de sortir le bateau de cette spirale et de les emmener tous les deux faire un tour en mer.

Pour la grâce de cet instant, et tout le reste, tu es à jamais mon ami Marc-Antoine Donnadieu. Bénie soit ton existence parmi les hommes. L'absence, la présence, ce que l'on vit, ce que l'on rêve, la nature d'un secret, je ne comprenais pas tout ce que tu me disais, mais tes paroles m'étaient de bonne nage. Je flottais et j'avançais bien dans tes eaux.

Il m'entraîna dans un jeu. Je racontais ce qui me passait par la tête. Il avait le droit de m'interrompre en reprenant un mot. C'était à moi de décider de répondre vrai, faux ou passe :

– Avec Marc Kurosawa, au Manoir, nous dessinions des cartes aux trésors. – Trésors ? – Faux. Nous les mettions dans des boîtes de conserve, les enterrions, puis les oublions. – Oubli ? – Vrai. J'ai écrit les noms de mes *vrais* trésors, Jacob, Marc, monsieur Kurosawa et *Bel-Ami*, sous une étagère de mon placard. – Monsieur Kurosawa ? – Passe. Mon père m'a surpris rentrant par la fenêtre en pleine nuit, il m'a demandé ce que je faisais dehors, je lui ai dit que je me promenais, il m'a dit que j'étais fou. – Tu es fou ? – Faux.

– Qui est monsieur Kurosawa, Tristan ?

Je relevais mes ponts-levis, sécurisais les enceintes de mon château fort et appelais en renfort mon ami intérieur qui, sabre en main, se dressait entre lui et moi.

– Tu ne vas quand même pas me laisser tout seul au milieu des loups ? s'insurgeait comiquement Donnadieu.

Il fumait des cigarettes dont je n'aimais pas l'odeur mais l'image du chameau sur le paquet me faisait voyager. Quand nous n'avancions plus, il m'emmenait au jardin et nous cherchions sa tortue Colette, une préhistoire d'animal grand comme deux plats à tarte.

Il me glissa un jour cette confidence :

– Je suis devenu psychiatre pour ne pas mourir de mon enfance.

Jusqu'alors, à l'exception de Jacob et de ses amis, les rares adultes qui s'étaient adressés à moi m'avaient dévidé des inventaires de faits personnels comme autant de leçons de morale. Ils se tenaient derrière les miroirs d'eux-mêmes et me les tendaient pour que s'y miroitent la laideur de mon âme, mes faiblesses et mes folies. Savoir que Donnadieu avait souffert me culpabilisait de lui interdire mon ami intérieur mais comme papa le payait – « Avec tout ce que me coûte ton psy, j'ai engouffré le prix des vacances que mérite ta pauvre mère » –, je m'en méfiais. Le client est roi, comme disait la boulangère.

Et puis, les autres que je voyais chez lui, l'horloge

dans son bureau, les livres dans la bibliothèque qui ressemblaient à ceux de mon père, me faisaient peur.

– J'ai peur ici, Marc-Antoine.

Ses bras s'élevant vers le plafond :

– Loué sois-tu pour cette parole ! Moi aussi, j'ai peur, figure-toi.

En me montrant les empreintes que laissait sa tortue dans son jardin, il me dit :

– Si tu sais qu'il s'agit de Colette, tu ne te poses pas de questions. Mais si tu l'ignores, que pourrais-tu en penser ?

– Que c'est un monstre bouffeur d'enfants.

– Pourquoi ?

– À cause des traces.

– Ce fantôme que tu as dessiné, est-ce qu'il laisse des traces derrière lui quand il se déplace ?

– Je ne sais pas, je ne le connais pas.

– Alors, pourquoi m'as-tu affirmé que c'était un secret que tu ne me révélerais pas ?

– Parce que je suis un menteur.

– Si tu n'avais pas été un menteur, que m'aurais-tu dit ?

– Que c'était un secret.

Il explosa joyeusement de rire, ce qui déclencha mon propre rire, et au passage nettoya les brouillards.

Je voyais plus clair en moi avec lui, plus clair dans mon amour pour Marc, pour Jacob et le rêve-vivant de monsieur Kurosawa dont je me résolus enfin à lui parler :

– J'ai un ami intérieur qui est un Japonais né dans un livre de contes donné par Marc. Il est de la même famille que l'ange de Jacob, il m'aide à savoir ce que je fais sur terre, mais comme je suis un enfant, ce n'est pas pareil.

Les yeux de Donnadieu étaient des refuges dans lesquels tout en moi avait droit d'existence. Il m'expliqua qu'un « compagnon intérieur » pouvait prendre différentes formes, que son propre maître avait eu lui aussi un ange aux ailes de martin-pêcheur, et que mon dessin du fantôme venait d'une très ancienne tradition funéraire : le linceul des morts qui, s'il n'était pas proprement cousu, condamnait le défunt à hanter le monde.

– Il en va de même pour les choses mal raccommodées de nos passés : elles nous hantent, nous collent à la peau, nous font chuter.

Nous discutions de mes cauchemars. J'essayais de lui dépeindre ce qui m'attaquait et tentait de me tuer en m'enfournant du sable dans les oreilles ou dans la bouche, mais c'était très difficile parce que c'était à la fois animal, végétal et liquide. Il m'était plus simple de lui décrire l'angoisse qui me fonçait dessus et comme *cela* tremblait en moi et de façon si puissante que j'étais arraché, déraciné de terre, alors je partais en pleine nuit. C'était irrépressible.

– Qu'est-ce que tu fais dans la nuit ?

– Je me promène, je vois des choses, et personne ne m'embête.

Il m'écoutait patiemment énumérer : les yeux jaunes du hibou, la femme nue et son chat, le bateau militaire, le couple chantant, les bernard-l'hermite courant à toute vitesse, monsieur Kurosawa dansant sous la lune.

– Est-ce que tu en parles avec tes parents ?

– Leur parler, ça ne m'a jamais servi à rien d'autre qu'à prendre des baffes.

Cette fois-là, j'ai sangloté le visage dans mes bras, avec la certitude d'être foutu, que Marc-Antoine ne détenait aucune solution, que toujours ce serait la même ritournelle des insomnies, des cauchemars, des gifles, que jamais je ne trouverais le moyen d'échapper aux crises.

Il m'a donné un kleenex et il a posé une main sur ma tête.

– Tristan Karadec, le sommeil est essentiel, aussi essentiel que l'eau et la nourriture. Je n'ai pas trouvé la clef de ton fantôme, mais si je te donne des médicaments pour te forcer à t'endormir, un jour ou l'autre, tu y réagiras mal. Qu'est-ce qui t'aiderait à renoncer à tes aventures nocturnes ?

Ma vie sans la nuit ? La perspective me semblait épouvantable.

– Connais-tu si bien la beauté du jour ?

Un matin de juillet, il me montra une énorme libellule turquoise, un papillon aux ailes striées d'une flamme, une sauterelle couleur nuage devenir bleue en s'envolant, un bourdon entrer sous terre, mille choses qui m'étaient inconnues.

Toi et moi allongés dans l'herbe, et moi voyant la vie par tes jumelles, Marc-Antoine.

– Quand la panique monte, plutôt que de t'enfuir, essaye d'abord de calmer le jeu.

La méthode, qui fonctionna relativement bien, consistait à laisser le flot passer en respirant lentement, en me répétant que je n'étais pas en danger, que *ça* n'existait pas.

Il baptisa mes crises « les attaques du fantôme ».

L'avant-veille du Nouvel An de mes treize ans, en 1999, la tempête Lothar fut annoncée. Une tempête en décembre était une tradition avec ses rites. Mon père a vérifié le niveau de la bouteille de Butagaz, foncé voir quelques patients et rangé sa voiture au garage. Ma mère a cuisiné un ragoût avec tout ce qui restait dans le frigidaire, j'ai rentré les chaises de la terrasse, empilé des bûches devant l'âtre et le poêle de la cuisine, aligné des bougies et des boîtes d'allumettes sur la console de l'entrée, tandis que mon frère Gaétan sillonnait la contrée pour aider des gens à sécuriser leurs étables et leurs poulaillers.

– Je viens d'écouter les dernières informations, Lothar ne sera pas de la blague, nous a-t-il avertis à son retour.

Mon père et lui ont pris des vieux matelas au grenier et les ont empilés devant la baie vitrée. Pour les arrimer, ils ont mis l'armoire devant et, devant l'armoire, le sofa.

Tous quatre emmitouflés et juchés sur la dune, nous

avons observé la mer. Dans cette marée montante, elle était grise, prodigieusement creusée, moussante. Le ciel était opaque, le sable cinglait nos visages, les flocons d'écume saturaient l'air. *Bel-Ami* paraissait bien calé dans son coin de plage, mais j'étais soucieux.

– Il faut le remonter plus haut, ai-je dit.

– On s'en fiche de ton voilier de sale pédé ! m'a crié mon père.

Mon frère et moi naviguions souvent ensemble sur *Bel-Ami*, j'étais meilleur marin, mais lui était un as du bricolage. Il réparait les taquets, recousait les voiles, calfatait la coque.

– Le voilier de qui ? a bondi Gaétan en attrapant notre père par le col de son blouson. Tu ne parles pas comme ça à Tristan ! Et tes conneries, je te le jure, je vais te les faire entrer dans le nez si tu continues à les lui faire bouffer !

Nos parents partis, Gaétan et moi avons tiré le bateau à l'arrière de la dune.

– Pour *Bel-Ami*, ça devrait aller, me dit-il. Pour toi aussi, va.

Il me tint contre son K-Way à l'odeur aigre. Dans un éclair, je me souvins d'un geste et d'une fragrance similaires.

Dès notre retour, le vent s'enfla monstrueusement, la pluie mitrailla nos tuiles et l'électricité sauta. La maison craquait et tremblait tant qu'elle semblait à chaque instant sur le point de s'écrouler. Éclairés par des bougies, nous évacuions à la pelle de ménage l'eau qui ne cessait d'affluer sous la porte d'entrée. Les hurlements de la tempête étaient si forts que l'on ne s'entendait pas, et il faisait si froid que, malgré la chaleur que dégageait le poêle de la cuisine, nous dûmes mettre des gants. Mon père alluma un feu dans la cheminée et la bourra de bûches. Il y eut un craquement sourd suivi d'un bourdonnement dans le conduit, les flammes diminuèrent, écrasées par un éboulis, et, soudainement, des lambeaux de feu dégringolèrent et l'âtre déborda sur le tapis de coco. Nous écrasâmes les braises frénétiquement.

À l'aube, hagards, complètement sonnés, la symphonie des heures précédentes encore dans les oreilles, nous ouvrîmes la porte. À quelques mètres, une voiture inconnue gisait sur son toit ; plus loin, un autre véhicule s'était fiché moteur en avant sur la grève. Avec ses portières ouvertes, on aurait dit un oiseau picorant. La route était bloquée par des troncs et des collines de sable.

Dans notre jardin, plus de cahute, de palissade, de table ni de haie. Tout était couvert de vase et d'algues ou avait disparu. Le cèdre de nos plus proches voisins s'était abattu devant leur porte. Leur fille s'était cassé le tibia en tombant dans l'escalier. Le garage de la villa Jason avait été broyé par un chêne, la villa Circé qu'occupaient des retraités avait subi les plus lourds dégâts, son toit était éventré et la maison était inondée.

Le couple avait passé la nuit sans lumière ni chauffage, réfugié sur une table.

Mon père donna les premiers soins à la petite, organisa son évacuation en hélicoptère, puis celle des retraités. L'homme lui serra longuement la main.

– Docteur Karadec, j'écrirai au président Chirac pour qu'il vous fasse remettre la Légion d'honneur.

Avant que n'arrivent les pelleteuses, rien ni personne n'échappa à sa vigilance. Il nous rassemblait, nous dirigeait, et chaque effort accompli participait d'un magnifique « Un pour tous, tous pour un ». Les familles, leurs réserves de vin et de nourriture se mélangeaient dans un élan de solidarité extraordinaire. Pendant quarante-huit heures, nous avons tronçonné, taillé, déblayé, sous ses ordres. Même moi, je lui obéissais.

La chaussée dégagée, j'ai foncé à la plage. La dune derrière laquelle mon frère et moi avions hissé *Bel-Ami* n'existait plus. Mon bateau s'était évaporé. J'ai absurdement crié « *Bel-Ami ! Bel-Ami !* » en longeant la mer, les rochers, les falaises. Accablé, je suis revenu par la lande de pins qui était une fin du monde de piquets hirsutes, de cratères vomissant des racines, de troncs valdingués. Seuls quelques pins en bordure étaient encore debout. Et là, j'ai vu *Bel-Ami*, capé d'algues, cerné de branches, de débris et d'immondices où surnageait le petit toit pointu d'une niche disloquée auprès de laquelle gisaient les cadavres à moitié dévorés de trois chiots. J'ai examiné la coque et l'accastillage. Le plat-bord était partiellement arraché, mais, pour le reste, mon bateau était miraculeusement indemne. Un son de grattement à l'intérieur de la poupe m'a fait immédiatement penser à un rat bouffeur de dépouilles. Avec une branche, j'ai fourragé dans l'habitacle pour le déloger. Une minuscule boule noire, rousse et blanche, titubante sur ses pattes, tremblante de froid et de peur en est sortie. C'était le frère des autres.

Je l'ai calé à l'intérieur de mon blouson et, de retour à la maison, je l'ai roulé dans une serviette, nourri de mie trempée dans du lait et installé sur un coussin près du poêle de la cuisine.

Ma mère s'énerva :

– Tu ne trouves pas qu'on en a assez sur les bras ? Fiche-moi cette bête dehors.

Je l'ai caché dans ma chambre. Il furetait partout, se glissait sous le lit dès qu'il entendait du bruit, fermait les yeux sous ma caresse.

Mis dans le secret, mon frère s'extasia :

– C'est un border collie, un mâle d'environ trois semaines, il n'y a qu'à toi que des coups pareils arrivent !

Il me donna en douce une litière, une bouillotte, un biberon, du lait en poudre, et m'enseigna quelques gestes comme masser le ventre de l'animal, le prendre par la peau du cou s'il mordillait trop fort, le faire courir après une balle de ping-pong, le maintenir au chaud pendant son sommeil.

Au cours d'un repas pendant lequel mon père refaisait pour la énième fois le bilan de ses exploits tout en critiquant la bêtise incommensurable de nos voisins, le chiot jappa.

– Qu'est-ce que c'est que ça ? sursauta-t-il. Ça vient de ta chambre, Tristan.

Devant mon mutisme, sa voix enfla :

– Je t'ai posé une question.

Prends le temps des mots, m'avait enseigné Donnadieu.

Je ramenai le petit chien et je déclarai :

– Je l'ai trouvé dans le bateau que m'a donné Jacob, je regrette que vous n'ayez pas rencontré Jacob, mais vous étiez trop occupés.

Ma mère souleva des sourcils exaspérés.

– Je t'avais ordonné de mettre cette bestiole dehors.

– Tu as désobéi à ta mère, Tristan ? gronda mon père en se levant.

Je reculai.

– Avec monsieur Donnadieu, j'ai appris à réfléchir à ce qu'il me faut. J'ai besoin d'un ami et ce chien est cet ami.

– Tu n'es pas le maître dans cette maison ! tonna ma mère, tu raisonnes, tu fais ton grand garçon, mais qui paiera le vétérinaire et la nourriture ? Toi, peut-être ?

Le regard dur, papa tendit les mains vers moi.

– Donne-le-moi.

Je me rétractai et calai l'animal contre mon ventre. Ça sourdait en moi, vil et noir.

– C'est mon ami. Même si tu ne m'aimes pas, tu dois me le laisser, c'est ton devoir d'aider ton fils à vivre.

« Le premier devoir des parents est d'aider leurs enfants à vivre. » Cette phrase était dans la salle d'attente de Donnadieu.

Mon père, blême de colère, était sur le point de se précipiter sur moi lorsque mon frère surgit dans la cuisine, couvert de boue et puant ses mille diables. Il observa la scène, me jeta une œillade complice, s'empara d'un geste du chiot en feignant la surprise :

– Mais ma parole, c'est un border collie ! Quelle merveille ! Oh ! Il a une petite infection dans l'œil gauche. Il y a du collyre dans la maison ?

Ma mère fonça dans la salle de bains, tandis que Gaétan expliquait d'un ton docte à mon père qui se forçait à lui sourire que les chiens avaient au moins soixante-dix os de plus que les humains, quarante-deux dents, les cerveaux les plus performants du règne animal, et que le border collie était le plus discipliné et le plus intelligent des canins.

– Je m'occuperai des vaccins, et les croquettes, ça ne coûte pas cher. Il n'est pas sevré, le pauvre. Si on veut en faire un animal doux, il lui faut du calme et des câlineries, donc Tristan le prendra dans sa chambre et s'en occupera. Comment l'appelleras-tu, mon petit frère ?

Je répondis au hasard « Sultan ». C'était le nom d'un cheval dans un film.

Mon frère orchestra une telle danse du ventre que

notre mère qui ne lui refusait jamais rien acheta un collier et fit graver Karadec et notre numéro de téléphone sur la médaille. Elle menaçait mon chien du pied quand il s'approchait de la poubelle, l'invectivait s'il creusait les plates-bandes, explosait : « Je vais le foutre à la SPA, je te le jure ! », mais lorsque, encore chiot, Sultan fut attaqué dans notre jardin par un dogue, une énorme brute, elle bombarda l'agresseur de toute la batterie de nos casseroles et sortit un coutelas d'un tiroir.

– S'il revient, je l'égorge.

Tout arpent de terrain que pouvait occuper mon chien était sujet à d'absurdes négociations telles que : « Cet animal et ses poils n'entreront pas dans la cuisine tant que tu ne nous ramèneras pas un carnet scolaire correct et que tu ne rangeras pas tes placards. » La minute d'après, ma mère ouvrait la porte.

– On veut du bon miam-miam, Sultan ? On donne la pa-patte, gentil le Sultan.

Mon frère écarquillait des yeux de clown.

Le soir après le dîner, il m'accompagnait pour la promenade et, comme il n'y voyait goutte dans la nuit, il s'accrochait à mon épaule.

– Sultan battra tous les records de vitesse, tu as toujours eu du bol, même si…

– Même si quoi ?

Dans l'obscurité, il chantonnait en me serrant contre lui : « J'en sais rien, viens, donne-moi la main. »

La falaise en face du Manoir formait un à-pic au bas duquel une inquiétante crique s'entourait de masses grises aux profils de monstres préhistoriques. Un filet d'écume sabrait l'eau verte et cela ne devait rien dire de bon à personne puisque personne n'y mettait son bateau. Une pancarte indiquait : « Interdit. Danger d'éboulement. » Interdit pour moi signifiant que certains y avaient droit et d'autres pas, j'y suis descendu. Je dérapais, m'accrochais aux plantes, me rattrapais de justesse sur un aplomb tandis que Sultan dévalait la muraille en quelques bonds et se jetait à l'eau.

Une fois que l'on y était, l'endroit n'avait plus rien d'effrayant. Même par grand vent, il y régnait un calme absolu. Les rochers sculptés horizontalement par l'érosion ressemblaient à des vieux grimoires et les éclats blancs qui s'y logeaient me paraissaient être les cœurs vivants d'histoires importantes et secrètes. Que je n'imaginais pas être des romans avec des joies, des tristesses, des peurs, des amours et des épopées d'hommes, ou des odyssées commençant par Il était une fois avec un début, un milieu et une fin, mais comme des récits formés avec les sons, les couleurs, les odeurs de l'océan.

Puisque cette crique se trouvait en face du chêne du Manoir où Marc et moi avions vécu des aventures splendides, c'était, me persuadais-je, qu'une mission m'attendait en ce lieu, que j'étais doté du pouvoir d'ouvrir les grimoires, élu bibliothécaire des légendes de l'océan.

Les vagues déposaient sur le rivage des jonchées de cailloux polis que je nommais « les œufs de la mer » et je passais un temps infini à les faire rouler entre mes doigts.

Une matinée d'automne, la lumière était blonde, la mer basse, je suivais la danse de monsieur Kurosawa, plaçant mes pieds nus dans les empreintes des siens en imitant les gestes de ses longues mains sortant de son habit mauve brodé de vagues vertes aux crêtes rouges. Sultan jouait avec les mouettes. Mon regard fut attiré par un galet d'une blancheur de brouillard gisant parmi un semis d'œufs qui n'étaient pas de sa race. Il avait la longueur exacte de ma paume d'enfant et, dans sa partie la plus mince, était creusé un orifice duquel s'écoulait une veine grise, comme une larme asséchée. Je le posai contre mes lèvres et je soufflai dans cet œil salé.

Oh ! la course de mon ami vers moi ! Il volait en battant les ailes de son kimono qui n'était plus vert et rouge, mais bleu.

– Ceci esprit-gardien de l'inoubliable, me dit-il d'un ton grave.

À quelques mètres, dans le sable épais dont les grains minuscules âgés de millions d'années portaient une mémoire majuscule, inversaient la courbe du temps humain, renversaient la donnée « quand tu seras grand, tu comprendras », je découvris, lovée, une mince corde raidie par le sel et longue comme un collier.

Le galet et la corde s'apparentaient, le diamètre de l'un correspondait à l'épaisseur de l'autre. Faire ce geste de nouer ce galet à mon cou me bascula dans un rêve où n'existaient plus que les pages enfermant les diamants blancs de la mémoire de la mer, monsieur Kurosawa dansant au rythme de la respiration de l'océan, mon chien dont les oiseaux se moquaient, et cette pierre enchantée.

Enfant, mes parents me disaient toqué, mais je suis certain que si je ne l'avais pas été, ils m'auraient rendu fou. Pour de vrai.

À seize ans, j'étais *quelqu'un d'autre*. Mon ami intérieur ne s'était pas effacé, mais, comme le livre de contes japonais, Marc, Jacob et la crique aux grimoires, il se tenait en réserve, à l'arrière-plan.

J'agaçais encore mes parents, sauf les jours de cimetière lorsqu'ils se rengorgeaient des « Il est beau votre gars » des villageois. Je passais avec Sultan les week-ends chez Gaétan dont le cabinet de vétérinaire était à une dizaine de kilomètres de la villa Ulysse. Il m'aidait dans mes études et m'emmenait en voyage avec ses fiancées du moment. Avec lui, j'ai découvert la Grèce, l'Italie et l'Espagne, des temples, des sites archéologiques, des églises et des musées.

« Regarde Tristan, me répétait-il, c'est de toute beauté. »

Il n'avait pas besoin de m'encourager. Les êtres mythologiques, la cruauté des scènes de martyres, de batailles, les natures mortes, les marbres, les colonnes, l'architecture me paraissaient spectaculairement plus grands que mes chimères d'enfant. J'empilais des cartes postales dans des cartons à chaussures et les étalais sur le sol de ma chambre en les classant par famille et en me récitant les noms des lieux, des artistes, les dates.

Les attaques du fantôme s'étaient raréfiées, je savais « calmer le jeu » et, si je téléphonais à Donnadieu, c'était surtout pour prendre des nouvelles de sa tortue.

J'avais passé mon diplôme d'aide moniteur et l'été, je travaillais à l'école de voile. Une journée d'août, le directeur me confia une petite Marie de onze ans. Elle avait des jambes de moineau, des lèvres en trait comme la petite fille des broderies de la mère de Jacob, des cheveux noirs tombant en frange sur des yeux sombres, comme Marc.

– Bonjour, je m'appelle Tristan.

Elle baissa la tête et tritura le sable avec ses orteils. Mon chien s'approcha et la renifla.

– Lui, c'est Sultan, et mon bateau se nomme *Bel-Ami*.

Elle rougit et resta mutique.

– Tu es sûre de vouloir faire de la voile ?

Un hochement de tête.

Je l'aidai à monter à bord.

– Tu te mets là et tu tires sur cette corde quand je te le dis.

À peine avions-nous dépassé la baie qu'elle trouva le moyen de tomber à l'eau. Mon chien plongea et me la ramena par la bride de son gilet de sauvetage. Une fois à bord, elle geignit :

– Je ne l'ai pas fait exprès.

– Bien sûr que non, ça arrive à tout le monde, lui dis-je en cherchant une serviette dans mon sac.

Sultan qui nageait autour du bateau aboya soudainement.

La gamine dangereusement penchée essayait de l'attraper par son collier.

– Laisse-le ! cinglai-je, il n'a pas besoin de toi !

Elle hurla :

– Il va se noyer !

Et fondit en larmes.

Je n'avais jamais vu d'aussi près une petite fille pleurer. Qu'est-ce qu'on fait d'une petite fille qui pleure ?

Je sifflai mon chien.

– Suffit de rigoler, Sultan !

Grimpé dans le bateau, il s'ébroua en envoyant de l'eau partout, posa une patte sur la cuisse de la gamine et d'un bond repartit à l'eau.

Elle applaudit.

– Est-ce que tu crois que la mer a des yeux ? m'interrogea-t-elle une autre fois.

Est-ce que tu crois que la mer a des yeux ?

Je n'étais plus dans l'enfance, j'en avais perdu le langage.

– J'en suis sûr, répondis-je distraitement.

La petite, affolée, s'écrasa au fond de la coque et se cacha sous son K-Way.

Elle était devenue un fantôme.

J'attribuai ce craquement en moi à mon désarroi de la voir ainsi, mais en la rassurant – « C'est une blague, la mer n'a pas d'yeux, enfin ! » –, j'eus la sensation pénible d'un déjà-vu.

Elle explosa de rire. Je ne savais pas si elle s'était moquée de moi ou si elle était passée à autre chose. Je ne pouvais pas accéder à son monde, pas plus qu'à ce fantôme qui persistait à me hanter.

Avant que je n'aille étudier à Paris, j'ai embarqué beaucoup d'enfants sur *Bel-Ami*, mais Marie fut la seule qui me donna envie de revoir les noms sous mon étagère et d'y ajouter le sien.

L'année du baccalauréat, je scrutais les villageois en me demandant à quoi je ressemblerais à leur âge. Je ne voulais plus être sauveteur en mer, mais pas non plus devenir aubergiste, marin pêcheur, boulanger, encore moins professeur, curé, docteur ou bibliothécaire, même si cette dernière situation m'avait paru assez enviable. La médiathèque de notre village possédait un petit fonds de livres d'art sur lesquels veillait madame Christelle qui m'aimait bien et guidait mes lectures. « Tiens, puisque tu t'intéresses à la sculpture, tu devrais prendre ce livre sur Rodin. » Par elle, j'appris qu'à l'université de Brest, on enseignait l'histoire de l'art.

Cette idée ulcéra mon père :

– De l'histoire de l'art ? Pour quoi faire ? Finir sur le trottoir ? Je ne connais personne qui ait fait quoi que ce soit de sa vie avec ce genre d'études !

– Papa, il y a des gens qui travaillent dans les musées.

– Oui, des francs-maçons, des juifs ou des jean-foutre. Quant aux gardiens, ils sont tous martiniquais.

S'il m'avait approuvé, je ne me serais probablement pas retrouvé l'année suivante dans un amphithéâtre, assistant dépité à la péroraison interminable d'un professeur pompeux et désagréable : « Comment s'écrit Chilpéric ? Vous regarderez dans le dictionnaire. Dictionnaire, du latin *dictionarium*, et, tiens, tant que vous y êtes, vous me ferez une fiche sur Jean de Garlande, inventeur de cet instrument de torture en 1230. Je vous interrogerai là-dessus en TD. » Mais je ne serais pas non plus sorti haletant de cours donnés par d'autres maîtres gais et passionnés.

Une fois par trimestre, nous avions une conférence sur l'évolution des collections et du goût à travers les siècles. J'apprenais que du temps de Laurent de Médicis, mécène de Michel-Ange et de Botticelli, les œuvres de ces génies valaient infiniment moins que des sculptures grecques ou romaines qui n'étaient en général que des copies ; que Van Gogh n'avait vendu qu'un seul tableau de son vivant ; qu'un oignon de tulipe s'était échangé contre un dessin de Rembrandt ; que le prix d'un miroir de la galerie des Glaces de Versailles dépassait de plus de mille fois un sublime tableau de Chardin. Les vilenies des *corpisantari*, ces êtres des ténèbres, chasseurs de reliques sacrées, qui vendaient pour des sommes extravagantes des bouts d'os ou des monnaies anciennes accompagnés d'archives et de témoignages abracadabrants – « Achetez ce bout de fémur de saint Jérôme, monseigneur, il vient tout droit de sa grotte à Bethléem » ; « Achetez ce denier trouvé dans la poche de Judas l'Iscariote lorsqu'il s'est pendu, Votre Grandeur, nous l'avons découvert chez un descendant de l'infâme » –, me transportaient d'une joie noire. L'épisode de la corne de narval vantée être une corne de licorne cédée à un prix pharamineux ou la saga de Han van Meegeren alias Vermeer m'amusaient moins que ces faux en écritures saintes. L'idée que l'on puisse jouer au pirate avec Dieu décuplait en moi une énergie vengeresse.

Comme on me trouvait beau, j'étais devenu arrogant, mais je ne m'admirais pas, ce qui n'était pas du plus grand confort. Rien n'est plus pénible qu'un tête-à-tête avec soi quand son soi est un siamois dont le crâne gauche est rempli de mirages, d'espoirs flous, et cogne sur le droit qui voudrait bien engranger un peu de tendresse, tout en se méfiant du monde entier.

Je ne m'étais tracé aucun destin. Je vivais, apprenais, faisais l'amour au jour le jour, sans programme, ambition ou passion claire, jouais de mon physique et de mes prunelles pour coucher avec des filles que je trouvais toujours trop collantes et qui me reprochaient mon égoïsme en pleurant.

Enfant, j'avais vécu avec monsieur Kurosawa de grands songes ; à vingt ans, bardé de prétentions et d'angoisses, je ne cherchais que des admirateurs auxquels j'assenais des discours obscurs. Pas un jour ne s'écoulait sans que j'emploie les termes *Weltanschauung*, doxa, obstacle épistémologique, nonobstant, rhétorique, archétypal, idéologie, déviant, dictat, et dans toutes mes ritournelles revenait ce terme : *Schadenfreude* – la joie malveillante. Mon cahier Pensées de Tristan Karadec était truffé de réflexions et de citations fumeuses et moroses telles que : « Si tu plonges longtemps ton regard dans l'abîme, l'abîme te regarde aussi. »

Le refus. Sur ce cahier qui est devant moi, dans cette écriture tremblée, immature, à l'orthographe approximative, je le vois ce refus d'être Tristan Karadec, fils d'Erwan et Madeleine Karadec. D'être quiconque, d'ailleurs, mais je ne crois pas avoir été le seul à vivre ma jeunesse sous des vêtements empruntés.

« Pas un kopeck, tu n'auras pas un kopeck de moi », m'avait prévenu mon père. Alors, à l'heure du déjeuner, je faisais le garçon de café dans une brasserie au centre de Brest et aux jours chauds le moniteur de voile.

Un dimanche, devant mon frère, papa me lança :

– Moi à ton âge, j'étais indépendant et je nourrissais ma famille, il n'y a pas de raison que l'on te loge et te ravitaille gratuitement. Désormais, tu mettras au pot cinquante euros par mois.

Cinquante euros ! C'était le quart de ce que je gagnais et je ne voyais pas comment payer le bus et mes frais si je devais m'acquitter de cette somme. J'étais atterré.

– Tu n'as pas assez pour vivre avec tes consultations et le salaire de maman ?

– La question n'est pas là. Tu dois apprendre.

Gaétan le toisa.

– Apprendre quoi ? Que son père qui gagne très bien sa vie lui réclame de l'argent ? À son âge, tu faisais beaucoup de choses, papa, et certaines dont, à ta place, je ne me vanterais pas. Ce n'est pas pour rien que ta fratrie a fichu le camp au Canada. Veux-tu qu'on en parle devant Tristan ? Veux-tu aussi que je lui raconte le reste qui l'a conduit chez Donnadieu ?

Mon père bredouilla :

– Tu sais très bien que ton frère a toujours eu des…

– Des quoi ? l'interrompit mon frère, fais très attention à ce que tu vas dire.

Plus tard, je lui ai demandé :

– Qu'est-ce que c'est le reste qui m'a conduit chez Donnadieu, Gaétan ?

– Des bêtises. Tu criais la nuit.

À la fin de ma deuxième année universitaire, un professeur nous emmena visiter une exposition dans une abbaye à quelques encablures de Brest. Une affiche annonçait : « Charles-Félix Lorme, dissident de la modernité. »

Dans une grande salle, je vis des sculptures fragmentées, des orbites vides, un luth dont les cordes étaient des serpents, un bras enraciné dans un tronc d'arbre, des formes dans lesquelles l'homme n'y était pas plus homme que plante, la plante pas plus plante qu'oiseau ou poisson.

Les nuances violettes, brunes, vertes des patines me rappelaient tout à la fois les poteries de madame Kurosawa et les kimonos de mon ami intérieur, si amateur d'étonnantes couleurs. Je ne saisissais pas les thèmes des œuvres, mais je devinais dans leurs puzzles une indifférence merveilleuse envers le réel. Moi qui me pensais unique de ma race de *menteur*, j'étais face à quelque chose qui me ressemblait, était de ma famille et avec lequel je pouvais dialoguer sans intercesseur.

Ma joie déborda en apprenant que les sujets étaient Orphée, le Minotaure et Narcisse, des êtres *mythologiques.*

Un livret était distribué à l'entrée de l'exposition.

Il y était écrit ceci :

Charles-Félix Lorme, né en 1880 à Roubaix, d'un père mineur de fond et d'une mère lavandière, est envoyé à douze ans en apprentissage à la fonderie Curtivier. Il y réalise à dix-huit ans son premier Orphée, *« à la patine d'algue, d'azur et d'océan », ainsi que l'a dit un poète. Cette même année il fait la connaissance du riche mécène Hector Dupuis.*

Ce dernier l'expose à Paris. Scandale ! « De qui se fiche-t-on ? s'insurge un critique. De l'art, ça ? Ce n'est que de la boue produite par un obscur au cerveau dérangé. A-t-on jamais vu qu'un Orphée puisse avoir des mains de palmipède, un torse de poisson, un ventre de lyre et un attribut masculin de la forme d'un tronc ? A-t-on jamais vu un Minotaure à corps de nourrisson et un Narcisse à dix têtes ? Il existe des asiles pour ce genre d'homme ! Qu'on le retire des regards de nos filles et de nos femmes et qu'on l'enferme à Charenton ! »

Installé au village de Passy, Lorme vit en compagnie d'une gouvernante et n'y reçoit que son mécène et son fondeur. Il se refuse à toute vie mondaine, ne répond jamais aux lettres et invitations, ne vient pas à ses propres expositions dont le succès est tel que les visiteurs y accèdent avec un billet numéroté.

Le 19 mai 1913, la domestique entre dans l'atelier. Tout est ravagé, les argiles et outils sont en miettes ; dans la maison, les livres, meubles, objets sont détruits ou brûlés. Seules les études sur papier sont retrouvées intactes dans une armoire. À la police, la femme déclare : « Je ne sais rien, mais monsieur était aussi fou qu'un fou peut l'être. »

Lorme disparaît sans laisser de trace.

Hector Dupuis quitte la France quelques jours après la déclaration de guerre après avoir envoyé ses archives et les œuvres de Lorme en sa possession chez sa cousine Amandine Courtin, à Toulouse. Il décède à la Martinique en 1917.

*

Enfant, je jouais dans le grenier de la maison d'Amandine Courtin, mon arrière-grand-tante. Des caisses et des malles s'y trouvaient, mais il m'était interdit de les ouvrir pour ne pas semer de désordre. Mes parents ayant hérité de cette demeure la vendirent après avoir déménagé son contenu dans un garde-meuble qu'il m'a fallu vider après leur décès.

J'ai découvert des bronzes, des documents, des monceaux d'archives.

Bouleversé par la beauté des sculptures, je les ai exposées et j'ai entamé des recherches.

Ce travail de résurrection n'en est qu'à ses prémices. Dans quelques années, l'accomplissement artistique de Charles-Félix Lorme, ses sources d'inspiration, le contexte médiatique et critique de son temps seront publiés dans le catalogue raisonné en préparation.

Sans l'attendre, je partage avec vous mon éblouissement.

François Courtin

Le professeur expliqua qu'un catalogue raisonné était un ouvrage rassemblant l'intégralité de l'œuvre d'un créateur et la documentation s'y afférant. Il précisa que ces ouvrages se vendaient des fortunes, ne concernaient pas le grand public, mais les experts, les grands historiens, les collectionneurs ou les conservateurs.

Catalogue raisonné. C'était stupéfiant. Il y avait donc des gens quelque part qui dédiaient leur *raison* à compiler les travaux, actes, commentaires, tout l'univers d'un artiste pour le bénéfice de peu ? Des moines ne s'adressant qu'à d'autres moines ? Des savants en retrait du monde se faisant les sentinelles des moulins de la mémoire ?

En quittant l'abbaye, j'étais dans un état d'exaltation tel que je me comparais à saint Paul sur le chemin de Damas. J'étais touché par la grâce, les brumes s'écartaient, j'avais trouvé en Charles-Félix Lorme mon maître et mon jumeau.

« Pour un Rodin léchant les bottes des puissants, combien de Lorme ? Et si – et si ! – ce que l'on nous donne à voir dans les musées n'était que le miroir de la pensée capitaliste ou le reflet du néocommunisme ? Et si – et si ! – la disparition de Lorme cachait une éradication volontaire, une manifestation du désir d'écrasement des artistes véritablement libres, des créateurs qui ne ploient pas le genou devant l'illusion du goût, de ceux qui ne font pas allégeance aux manipulateurs, montreurs de marionnettes de la pseudo-modernité ? »

Cette réflexion est notée dans mon Cahier de pensées.

Que Lorme ait consacré toute son œuvre aux trois thèmes : Narcisse, le Minotaure et Orphée, et qu'il soit mort sans que l'on sache où, comment ou à quelle date m'ensorcelait. J'y lisais un signe, sans savoir de quoi.

Son absence des livres d'histoire de l'art était, décidai-je, le stigmate révélateur du règne de la barbarie. Il était le Graal et moi, le Désigné pour en être le chevalier, et donc devenir le disciple de François Courtin, dont j'appris qu'il tenait une galerie d'art dans le VIe arrondissement de Paris.

En lui écrivant – comme on écrit au pape ou à l'enchanteur Merlin –, j'étais convaincu que s'il m'accordait, ne serait-ce que cinq minutes, il me verrait comme un camarade partageant sa vénération pour Charles-

Félix Lorme et comprendrait immédiatement la fraternité qui nous liait.

Une fille rousse, prodigieusement droguée, rendait ses oracles à la terrasse de la brasserie où je travaillais. Elle envoya les dés rouler sur la table.

– Deux fois six, douze, douze ton chiffre de chance.

Elle examina ma paume.

– Pluie de lames à la source du fleuve de vie, émergence d'un atoll et d'une puissance protectrice attaquée par des dragons maléfiques. Un, deux, trois, quatre traits perpendiculaires coupant la ligne de destin et la ligne de tête dans l'axe du Verseau : arrivée de nouvelles personnes et d'événements importants. Étoile au centre dans l'axe du Sagittaire, danger, intervention d'une figure féminine. Triangle au versant est du mont de Vénus, situation résolue par l'étoile. Ça fera deux euros et tu payes mon café.

J'ai posté la lettre à midi, un 12 juin, en me signant douze fois avant de la laisser tomber dans la boîte jaune.

Les jours et les heures passèrent jusqu'au moment où un numéro inconnu s'afficha sur mon portable.

– Monsieur Courtin me charge de vous demander quand vous pourriez commencer à travailler, dit une femme à la voix sèche et pointue.

Je bafouillai :

– Le 1er septembre, c'est dans ma lettre.

– Nous avons un protocole à la galerie : pas de tee-shirt ni de chaussures de sport et si vous avez les cheveux teints ou rasés, ne vous présentez pas, ce serait inutile. Les candidats seront reçus le 26 août à 10 heures.

Les candidats.

– Nous sommes nombreux ?

Un silence sur la ligne, un bruit de papier.

– Donc au 26 août à 10 heures. Au revoir.

Elle ne m'avait pas laissé le temps de lui poser la moindre question sur les horaires et la rémunération. J'étais sur le point de la rappeler quand Sultan s'est mis à aboyer. Très fort. Avec sa voix d'urgence.

Le ciel était clair, le kornog d'humeur violente. Il dansait avec la mer une sarabande à décourager le meilleur des marins et chacun savait qu'il ne fallait pas se mêler de ce ballet à moins de vouloir embrasser l'Éternel.

Je me suis précipité dehors et mon chien – j'écris *chien*, mais Sultan n'était pas un chien, c'était un phare, un ami, un confesseur, un héros, je pourrais écrire une bible sur ses exploits extraordinaires et mon amour pour lui – a couru devant moi.

Trois estivants, visiblement ivres, montaient la voile d'un dériveur.

– Où allez-vous comme ça ? leur ai-je crié.

Le plus gros m'a toisé.

– On t'a sonné ?

Leurs teints étaient empourprés, leurs gestes maladroits. Tout à ce qui pourrait suivre, le bateau se renversant, la sirène, l'équipe des secours en mer, j'en oubliai la récente conversation. Dans leur état, avec leurs vêtements – et où étaient leurs gilets de sauvetage ?, passé la baie, en une demi-heure dans l'eau froide et les vagues, leur affaire serait faite.

Ils voulaient s'amuser.

Ils allaient se noyer.

– Vous êtes de Paris ?

– Ça se voit tant que ça ? a rigolé le gars.

Je leur ai montré l'horizon vide de voiles, le mouvement en biais de la houle, je leur ai pointé les rochers. Ils m'ont rétorqué qu'ils n'en avaient rien à fiche, qu'ils étaient venus pour se marrer.

Ils sont partis. Le barreur s'est pris la bôme en pleine figure à la troisième vague et le bateau a filé droit vers les premiers écueils. J'ai couru sur les rochers, cueilli in extremis le voilier par son bec avant qu'il ne s'écrase dessus, sauté dedans et ordonné aux types de s'asseoir à l'intérieur de la coque, la tête dans les genoux. Après un virement, j'ai bordé au plus près pour faire gîter l'embarcation et que ces idiots se retrouvent les fesses dans l'eau, puis j'ai lâché la voilure et le bateau s'est gentiment mis sur la plage.

– Ça dessaoule, m'a dit l'un en claquant des dents. Merci quand même.

– Pas de quoi. Je vais à Paris le mois prochain. J'ai un entretien avec François Courtin. Vous le connaissez ?

– Qui ?

Mon désappointement fut tempéré par l'idée que ces crétins me devaient un fier service et que le jour où j'aurais besoin d'eux, nous nous retrouverions sur un trottoir de la capitale.

Pour moi, la vie devait se dérouler ainsi, offrir des situations pleines de coïncidences, comme dans les livres. Je prenais la vie pour un stylo-plume sans me préoccuper s'il y avait de l'encre dedans.

– Paris ? La Sorbonne ? s'étonna mon frère. Mais Tristan, les logements sont très chers là-bas, il faudrait que tu obtiennes une bourse ou que quelqu'un t'héberge.

Il me rappela que deux années auparavant, nous avions passé quatre jours ensemble à Paris.

– Tu râlais tout le temps contre la pollution, les foules, le chaos, et maintenant tu m'annonces que tu veux t'y installer pour étudier l'œuvre d'un sculpteur ? Quel est son nom déjà ?

– Charles-Félix Lorme.

Je lui montrai le catalogue de l'exposition.

– Il est sacrément amateur de casse-tête, ce Lorme, je ne suis pas étonné que tu t'y intéresses. Qu'adviendra-t-il si tu n'obtiens pas ce job ?

– Je ferai garçon de café, j'ai de l'expérience dans ce domaine.

– Ça ne suffira pas pour te payer une chambre et te nourrir. La solution serait que tu vives chez mamie Simone.

Croyant à une blague, j'ai explosé de rire.

– Je ne l'ai vue qu'une fois et je n'ai même pas son adresse !

– Moi, je l'ai, nous nous parlons souvent.

– Tu parles avec mamie Guérin ? Pourquoi tu ne me l'as pas dit ?

Il dodelina comiquement de la tête et me lança un calepin.

– Cherche à Simone. Je vais faire sa piqûre à Sultan, téléphone-lui pendant ce temps.

– Allô, me dit une voix grave.

– Bonjour monsieur, je voudrais parler à madame Guérin de la part de Tristan Karadec.

– Je ne suis pas un monsieur, je suis ta grand-mère.

– Excusez-moi, je vous appelle à propos... parce que je vais à Paris... je ne voudrais pas vous déranger... en fait, je..., cafouillai-je.

– Tu voudrais habiter chez moi ? me coupa-t-elle.

– Pour un jour ou deux, peut-être trois, si...

– Viens, et après, tu feras comme tu voudras.

Le lendemain, à l'aube, Gaétan me déposa avec Sultan à la jonction de la route de la mer, à quelques centaines de mètres de la maison de nos parents.

Avec ses longs poils blancs, noirs et roux soyeux, sa façon de trottiner comme si la terre était en nuages, de surveiller les mouettes, mon chien paraissait en pleine santé, or il était rongé par une tumeur maligne à la rate qui s'était métastasée dans le foie et les poumons. Mon frère lui injectait des drogues pour lui éviter de souffrir et stimuler son rythme cardiaque, mais je savais qu'il ne tiendrait plus longtemps.

Sur le seuil de la villa Ulysse, Sultan se figea, retroussa ses babines et grogna comme si derrière la porte se tenait un ennemi. J'avançai la main pour le rassurer. Il bondit en arrière, aboya férocement, puis s'enfuit.

L'image de lui galopant sur la dune. C'était le vent lui-même.

Longtemps, j'ai sifflé, crié son nom sur la plage, sur les falaises, au-dessus des criques, avant de le découvrir allongé sur le flanc dans le bois de pins, à l'endroit même où dix ans auparavant je l'avais recueilli. Sa langue pendait, ses yeux étaient vitreux, une mouche s'était posée sur sa truffe.

Agenouillé sur les épines, je l'ai secoué en sanglotant. Le chagrin me serrait la gorge à tel point que je me suis enroulé sur moi-même.

Le soleil était haut lorsque j'ai pris dans mes bras son corps raide et froid. Il sentait si mauvais, le pauvre.

Loin des côtes, assis sur la coque de *Bel-Ami*, ballotté par les vagues, je l'ai déposé dans la mer et je l'ai regardé s'enfoncer, ses poils en corole, avec un sentiment de fin du monde, d'écrasement total. Alors, je me suis mis à aboyer, comme il le faisait les soirs de lune ou au passage de femelles, en imitant le son enroué, mâle, solitaire, les modulations amoureuses, timides, impératives de sa voix. De chaque aboiement naissait un souvenir ; mon petit rafiot se peuplait de nos aventures avec monsieur Kurosawa, qui apparut dans l'onde transpercée de rayons, les pans de son kimono tordus en arabesques par les courants. Il berçait ce chien que je disais mien et auquel j'appartenais corps et âme. Aboyer, il me restait cela pour le rejoindre, mais il est si douloureux d'imiter les voix de ceux que l'on a aimés.

Imiter une voix, c'est entendre de trop près l'absence.

À mon retour, ma mère maugréa en se mouchant :

– Il était temps, il puait trop.

Quelques jours avant mon départ pour Paris, Gaétan m'offrit une cantine en fer pour y mettre mes effets de marin, mon livre de contes, mes albums de photographies et mes cartes postales. Ensemble, nous avons démâté, bâché et rangé *Bel-Ami* dans le hangar de l'école de voile. « Ton bateau est sous bonne garde », me rassura le directeur en me donnant une accolade virile et en me remettant le salaire de ma saison auquel il avait ajouté un pourboire généreux.

Au village, les gens que je croisais cherchaient Sultan dans mes parages – « Il est où ton chien ? ». À force de les voir se décomposer et faire un signe de croix à l'annonce de sa mort, j'avais l'impression d'être devenu un corbillard. Après les condoléances, venaient les conseils. Madame Troadec me dit : « Tu feras bien ce que tu voudras avec les Parisiennes, mais sors couvert, et n'en ramène pas chez nous. » La boulangère m'affirma que le métro de la capitale était envahi de psychopathes qui poussaient les voyageurs sur les rails, l'aubergiste me prévint : « Respire un bon coup avant de nous quitter parce que là-bas, c'est hydrocarbures et tout le bataclan genre raffinerie de pétrole. »

Partir avait un parfum exaltant et émouvant. Je passais et repassais devant la maison de Jacob, allais revoir le Manoir qui se délabrait. La crique aux grimoires où je n'étais pas descendu depuis des années me parut petite, froide et sans charme. Un instant, je fus tenté de remettre ma pierre là où je l'avais trouvée, mais des traces de pieds nus dans le sable, un aboiement dans le lointain et un souffle à mon oreille me retinrent. Ceci esprit-gardien de l'inoubliable, me rappelai-je.

Mes parents n'étaient pas là lorsque je quittai la maison. En apprenant que j'allais habiter chez ma grand-mère, mon père avait secoué la tête.

– Décidément, mon pauvre Tristan, tu feras toujours les mauvais choix.

Ma mère s'était récriée :

– Mais non, il y a une très belle lumière là-bas !

Voyant la mine furibonde de papa, elle mit une main devant ses lèvres comme si elle venait de proférer une énormité et éclata d'un rire de fillette que je ne lui avais jamais entendu.

Je quittais la Bretagne et mon enfance. (À vingt ans j'ignorais que l'enfance marche *ad vitam aeternam* à nos côtés, qu'elle ne cesse de s'écrire en nous.) Dans le train pour Paris, je me pris une semonce du contrôleur pour avoir laissé ma valise dans le couloir de circulation – « Si tout le monde faisait comme vous, il faudrait nous payer pour jouer à saute-mouton ! ». À la gare Montparnasse, je me trompai de couloir de métro, et ce fut une punition de longer un tunnel sinistre en traînant ma valise lourde de vêtements et de livres.

5, rue de l'Estrapolette. J'avais le plan en main, mais, captivé par les groupes d'étudiants, les mendiants, les gens dans les cafés, les femmes, les voitures, les bâtiments, les trottoirs, les affiches, je ne parvenais pas à m'orienter. Les voix, les sons, les attitudes, les chiens tenus en laisse et pissant sur les réverbères me saturaient le cerveau.

Un passant m'indiqua la rue, un commerçant me

montra une grille fermant un renfoncement entre deux immeubles. J'appuyai sur l'unique sonnette.

Les premiers mots de mamie Simone furent :

– Tu en as mis du temps !

Elle portait un blue-jean et une chemise bariolée. Les rides profondes, principalement verticales, donnaient à son visage une allure de bois sec. Ses cheveux attachés en queue de cheval étaient anthracite avec de longues traînées blanches. Elle me considérait de ses yeux verts à demi cachés sous les plis des paupières.

Son appartement que l'on aurait dit une maison s'organisait autour d'un escalier étroit, et toute porte qu'elle ouvrait éclaboussait les marches de lumière. J'ai entr'aperçu une cuisine et un salon surmonté d'une verrière. Ma chambre, au deuxième et dernier étage, était vaste, en longueur, et donnait par deux fenêtres sur une cour au centre de laquelle un hêtre colossal étirait ses branches jusqu'aux fenêtres de l'immeuble en face. Sur un grand lit à la tête en acajou était étalé un édredon en patchwork.

– C'est magnifique, je vous remercie…

– Ne reste pas planté là, pose ton barda. J'ai faim, pas toi ?

Sa voix était monocorde et basse.

Les *a* et les *oi* prononcés ainsi, sans aucune note pointue ou enjouée, l'absence de sourire, auraient pu me faire croire que je n'étais pas le bienvenu.

Or j'étais le bienvenu, son expression vigilante, la

tension dans ses prunelles et les moindres détails dans cette pièce jusqu'à l'odeur ténue de peinture fraîche me le démontraient. Il y avait, comment dire ? un faux-semblant de négligé, une allure de a-toujours-été-là factice, un hasard *voulu* dans la façon dont des livres d'histoire de l'art s'empilaient sur une étagère, en apparence abandonnés, empilés à la va-vite, et dans le cadre neuf enfermant un fac-similé d'un dessin de Picasso. Un effort pour ne pas montrer l'effort, poussé jusqu'à la théâtralité dans la paire de vieilles babouches débordant de dessous le lit et le bouquet de fleurs séchées sur une console.

Elle m'attendait.

Il n'y eut pas de moment entre elle et moi, où, ainsi que dans une fiction, par le biais d'une confidence, d'un sourire échangé, d'un geste, mon amour pour elle est né. Ce ne fut pas un coup de foudre, un élan filial, une affinité. C'était moléculaire, chimique, ça venait des murs, de sa voix, de mon ventre, ça se tenait partout, et aucun mystère ou amertume du passé n'arrêtait le grandiose contentement intérieur que je ressentais.

J'étais arrivé chez moi chez elle.

J'ai dit plus haut qu'elle parlait comme un homme, mais ce n'est pas assez précis. Depuis que j'écris cette histoire, je récite tout haut des phrases banales qu'elle prononçait – « J'ai fait des pâtes au curry » ; « Passe-moi mon paquet de cigarettes » ; « Henri sera là ce soir » – en cherchant vainement le mot qui dirait la saveur tonale, ténébreuse de sa voix, sa qualité qui parvenait à anéantir en moi, fait rare dans ma relation à autrui, toute résistance à ce qu'elle était.

Je me suis interrogé sur la raison pour laquelle, moi le « menteur atavique », je ne lui ai jamais raconté de « carabistouilles » jusqu'au jour où j'ai lu cette phrase de Jankélévitch :

« C'est par la compensation de l'amour dont ils sont privés que les menteurs mentent. Ils ne mentent donc pas par méchanceté, mais par soif d'amour… Alors, le meilleur moyen de convertir le menteur n'est pas la répression brutale mais l'amour. »

Qui pourtant n'explique pas tout. Monsieur Kurosawa n'appartient pas à la tribu du mensonge. Ou alors, tout ce que je suis est un mensonge.

Mamie Simone et moi sommes descendus ensemble dans la grande cuisine donnant sur ce hêtre aperçu de ma chambre. Un canapé formait paire avec une télévision, une cuisinière faisait face à une table en pin. Des myriades de pots, poteries, objets s'étalaient sur des étagères. Dans la cour, un gosse faisait de la bicyclette.

– Ça va, Augustin ? lui lança-t-elle par la fenêtre.

Le gamin, un pruneau sale comme un torchon de ménage, laissa tomber sa bécane, escalada le petit balcon, se jucha sur la table et pointa vers moi un index empoissé par tout ce qui empoisse un gosse.

– C'est qui lui, Simone ?

Il est des questions qui, par leur réponse, font long feu dans la vie.

– Tristan, je t'en ai parlé.

Le minuscule, après avoir fouillé des yeux la pièce, eut une moue désappointée.

– Il est où Sultan ?

Ma grand-mère savait donc que j'avais eu un chien se nommant Sultan, mais, de toute évidence, Gaétan ne l'avait pas prévenue de sa mort.

Ne voulant pas décevoir ce petit aux pupilles illuminées, je lui dis :

– Il est resté en Bretagne, il aurait été malheureux sans la mer et la plage, tu sais, beaucoup plus malheureux que d'être séparé de moi. Tu veux savoir comment je l'ai rencontré ? C'était après une drôle de tempête. J'avais un bateau qui se nommait *Bel-Ami*…

– Parce qu'il était joli ?

– Oui, et la mer l'avait soulevé et emmené dans la forêt de pins. Dedans, j'ai trouvé un chiot.

– Un chiot qui avait perdu sa maman ? s'alarma-t-il.

– Pas du tout ! C'était un malin qui avait flairé le saucisson laissé à bord et il l'a mangé.

– Tu n'étais pas fâché ?

– Non, nous sommes devenus tout de suite copains.

Nous sommes devenus tout de suite copains était la seule phrase honnête de la première partie de mon récit, mais lorsque, pour ce marmot aux yeux sombres et humides, je fis galoper Sultan sur le sable et les roches, sauter dans mon bateau, nager dans la houle, se coucher devant ma porte, m'accompagner dans la nuit ; en lui décrivant la joie qui le prenait les soirs de grands vents – une joie telle qu'elle réveillait les étoiles et alors la nuit devenait claire, claire, claire –, sa malignité quand sur le point d'être puni parce qu'il avait chapardé de la nourriture, il faisait diversion en grondant sous la porte, comme si derrière se tenaient des rats ou des voleurs, je n'ai plus inventé.

– Un jour, si je vais à la mer, je pourrai voir Sultan ?

Je sortis de dessous ma chemise ma pierre.

– Quand tu iras à la mer, reviens me voir avant. Je soufflerai dans ce galet, il m'entendra et tu le rencontreras.

Une femme dans l'immeuble d'en face cria :

– Augustin, viens à table !

Le marmot reparti, ma grand-mère se pencha sur mon galet. Elle sentait le muguet et le tabac.

– Un chien obéissant à ce caillou ? Tu es drôle, toi. Est-ce que tu supportes l'ail ? J'en ai mis dans les tomates.

Tu es drôle, toi. C'était un rien que son sourcil gauche soulevé, la douceur de son sourire, mais pour moi dont les élucubrations enrageaient mes parents, ce rien était considérable.

Quelques instants plus tard, un individu entra par la fenêtre. C'était à croire que la porte au fond de la pièce ne servait à rien, mais il faut dire que la persienne descendait si bas que n'importe qui pouvait la franchir en deux mouvements de genoux.

Dans sa chemise couleur anis, avec son crâne chauve, sa minuscule tête, sa ventripotence, ses jambes courtes, sa peau satinée, sa grande bouche sans lèvres et ses joues tombantes, Henri me fit immédiatement penser à une grenouille. Contrairement à mamie Simone, ses rides étaient horizontales et relativement rares dans l'ovale du visage. Je l'ai pensé laid, difforme, avant qu'il ne pose sur moi ses yeux gris. La curiosité bienveillante qu'ils contenaient balayèrent son âge, son apparence et mes réticences.

– Je crains que vous n'ayez à me subir très souvent, me permettriez-vous de vous tutoyer et de vous suggérer d'en faire de même ?

Il portait à l'index droit une bague turquoise dans le goût des Indiens d'Amérique et articulait en mâchant avec gourmandise les mots.

Le rire de ma grand-mère ressemblait à un éboulement de roches, celui d'Henri fusait avec un son d'oiseau. De pinson.

Ils paraissaient heureux que je sois là.

Henri, dont j'ignorais qu'il était une sommité de l'histoire du cinéma, parla des *Visiteurs du soir* de Marcel Carné et Prévert, cette fable médiévale qui commence par le mariage de la fille d'un seigneur et l'apparition de deux envoyés du diable. Avec une exubérance juvénile, pleine d'humour, il décrivit les conditions du tournage en 1941, en pleine occupation allemande, les pluies diluviennes, l'atmosphère de trouille, les poulets en carton, la troupe affamée, la musique de Kosma et Arletty enceinte d'un officier de la Wehrmacht.

– Toute l'équipe savait que le scénario était une parabole du mariage forcé avec Hitler et que le diable était une allégorie de Pétain, mais personne ne l'a dit et le film a eu un énorme succès.

– Vous… tu me donnes vraiment envie de le voir.

– Tant mieux !

Tous deux, par extraordinaire (donc par Gaétan, je n'étais pas dupe), connaissaient la redécouverte de Charles-Félix Lorme par François Courtin, avaient vu ses bronzes dans une exposition, trouvaient intrigant, *épique*, qu'un pareil talent ait été oublié.

– Lorme est un immense poète ! s'enthousiasma ma grand-mère. Il n'a rien inventé, il s'est souvenu ! Oui, souvenu d'avoir été un oiseau attrapant dans son bec des vers et des insectes, d'avoir volé avec les vents. Tous les vents de tous les mondes. D'avoir été un poisson nageant dans la mer, un arbre, d'avoir été homme, femme. Il n'a pas disparu, les grands poètes ne disparaissent pas, ils se métamorphosent.

– Empédocle avec toi aurait mis Paris en bouteille, Simone ! rit Henri. Mais je dois reconnaître qu'il y a en Lorme un élan qui dépasse tout. Mais on hésite, n'est-ce pas, entre une émanation névrotique échappant à l'intention construite, donc de l'art brut, et une construction sensible et intellectuelle. Lorme était-il un philosophe ou un cinglé, à ton avis Tristan ?

Lorme, philosophe ou cinglé ? Empédocle ? Une émanation névrotique ? L'art brut ?

Je n'arrivais pas à les suivre, mais je devinais qu'ils s'étaient préparés à ma venue et qu'ils faisaient de leur mieux pour ne pas me décevoir.

– Je ne sais pas si Lorme était philosophe, mais je ne crois pas qu'il était cinglé, puisque je le comprends, répliquai-je.

Henri poussa un sifflement admiratif.

– Ainsi, si tu comprends un homme, c'est qu'il n'est pas cinglé ?

– Si tu comprends un homme, c'est qu'il n'est pas…, répéta ma grand-mère. Ça pourrait être un syllogisme, mais alors, dans quelle catégorie devrait-on mettre tous ceux qui ne nous comprennent pas ? Nous sommes toujours le cinglé de quelqu'un, n'est-ce pas, Tristan ?

Cette tendresse inquiète dans ses yeux.

J'étais arrivé à bon port. J'avais le droit de *faire le mariole*, comme disait mon père que cette conversation aurait ulcéré. Enhardi, j'ai évoqué les sujets qui me préoccupaient : combien de temps et par quels moyens pouvait-on aller du Ve arrondissement de Paris au VIe ; si je m'y rendais en marchant, j'y arriverais les chaussures sales et il n'était pas dit que ces souliers neufs achetés dans un supermarché et que je n'avais essayés qu'une fois ne me donneraient pas des ampoules, que ma chemise ne serait pas maculée de sueur sous les aisselles, et si je prenais le métro, je risquais de prendre la mauvaise ligne, etc.

Ils bâillèrent.

Plus tard, accoudé à la fenêtre de ma chambre, craignant de les avoir ennuyés, incapable de trouver le sommeil, j'ai observé les lumières de l'immeuble d'en face s'éteindre les unes après les autres derrière les branches du hêtre. Il y eut un bruit dans la cour, des sons de pas, une odeur de cigarette, la voix d'Henri disant :

– Il te ressemble, Simone.

Et le rire de ma grand-mère en éboulement de roches.

Au matin, dans la cuisine, m'attendaient une planche à repasser et, sur la table, des clefs, un bol, une assiette, un mot : « Tout est dans le frigidaire et dans le placard », un petit sac en jute dans lequel se trouvaient un plan de Paris annoté, des tickets de métro, des comprimés d'aspirine, des pansements, un peigne et un chiffon plié en quatre.

La cour était déserte et la bouilloire fumante.

J'ai marché le nez sur le plan de la ville, fracassé d'angoisse.

De la galerie d'art devant laquelle je me suis retrouvé avec une demi-heure d'avance, ma première impression fut celle d'un aquarium dans lequel les poissons étaient les meubles, les sculptures, les tableaux et une blonde parlant dans son portable en agitant une main à la façon d'un chef d'orchestre. Le sigle FC (pour François Courtin) en lettres d'or sur la façade et l'immense poignée en cuivre de la porte rutilaient.

L'agencement impeccable des œuvres, les lumières les magnifiant, la silhouette de la jeune femme, tout dans cet endroit parfaitement composé exhalait le luxe, l'art, le savoir. La puissance ! Et me rapetissait, m'obligeait à me souvenir de ma condition de petit Breton monté à la capitale, ressuscitait en moi cette haine de classe qui me prenait lorsque je voyais des touristes riches dans leurs gros bateaux à moteur que nous appelions des promène-couillons.

Je me suis éloigné pour frotter mes chaussures et me repeigner face à la vitrine d'un libraire.

De quoi avais-je l'air ?

Henri avait raison, je ressemblais à ma grand-mère : les jambes hautes, le front large, un élan épervier dans le nez, les yeux occupant un large espace dans la géographie du visage, mais je n'avais pas l'air d'un citadin, ma dégaine de marin ne s'accordait pas avec cette rue.

« Arrêtez de vous contempler dans le miroir, seul Dieu connaît la beauté ou la laideur de l'homme ! » s'énervait le curé de mon village. Cette grande phrase et sous mes pieds le bitume.

Qu'est-ce que tu cherches, Tristan Karadec ?

Je me revis enfant jouant avec des briques en carton devant mon père.

« Qu'est-ce que tu veux faire, Tristan ? Un chemin ou une maison ? Il faut te décider. On doit se décider ! »

Est-ce que la *décision* de travailler dans cette galerie m'appartenait ? Comment avais-je pu accepter ce rendez-vous sans rien savoir de ce qui serait exigé ? Étais-je tout aussi imbécile que ces imbéciles d'ivrognes croisés sur la plage et s'apprêtant à prendre la mer ?

La vie n'est pas une répétition générale, Tristan, on ne repasse pas deux fois sur la même scène.

Quand te débarrasseras-tu de ta peau de menteur, Tristan ?

Ce n'est pas de la cervelle que tu as dans le crâne,

Tristan, mais du foin, tâche au moins de ne pas jouer avec des allumettes.

Je pourrais écrire une encyclopédie avec ces sentences paternelles. Je ne me questionne plus sur ce que j'en ai tiré.

La jeune femme m'ouvrit et m'indiqua une pièce dans le fond. Je traversai la salle – parquet étincelant, odeur de bougie parfumée – en jetant un œil effaré sur les œuvres exposées. Autour d'une dizaine de bronzes de Lorme, se déployaient des créations d'autres artistes.

Je m'étais attendu à un sanctuaire dédié à un seul dieu.

L'individu qui se tenait derrière un bureau avec sur sa gauche un écran de surveillance, sur lequel s'entrevoyaient la porte d'entrée de la galerie, la salle d'exposition et la blonde, ne concordait en rien avec le moine ascétique, intense, que j'avais imaginé. François Courtin, quarantenaire replet, le ventre proéminent sanglé dans une chemise blanche à raies vertes impeccablement repassée et dont le col traçait deux angles aigus au niveau des clavicules, les mains lourdes, paysannes, dont l'index droit était bagué d'une chevalière à grenat tout aussi incongrue dans ce paysage morphologique que la montre superbe au poignet, empestait l'after-shave.

Il me dit :

– J'ai paumé votre CV. Redites-moi tout.

Dans ma région, les patrons pêcheurs sont durs à l'embauche, et tout le monde sait que lorsqu'ils maugréent : « Je n'ai pas besoin de toi, mais si tu veux en être… », c'est pour payer au plus bas leurs gars. Sûr de reconnaître cela, je répondis d'un ton qui se voulait sans réplique :

– Comme je vous l'ai écrit, j'entre en troisième année d'histoire de l'art à la Sorbonne et je souhaite collaborer au catalogue raisonné de Charles-Félix Lorme. À moins de trois cents euros par mois, et à plus de vingt-cinq heures par semaine, je ne signe pas.

Certain que son ébahissement venait de la modestie de ma proposition et de ma franchise, j'ajoutai :

– Ce serait vous voler que de réclamer plus pour mon premier trimestre.

Il s'exclama :

– Le con !

Avec un accent du Sud – le *cong* – et il me conduisit vers un escalier menant à une cave en boyau, basse de plafond, voûtée, bardée de rayons en métal gris remplis de cartons, dossiers, registres, boîtes, livres, catalogues. Au milieu, sur une longue table, étaient posés un appareil de photo sur trépied, un ordinateur et une photocopieuse.

Il enfila des gants en coton blanc et m'en tendit une paire. Dans ces gants doux, légers, mes mains me parurent étrangères.

D'une grande boîte, il extirpa une feuille épaisse, rigide.

– Vous reconnaissez ?

Autour d'un visage, se déployait à la façon de satellites-miroirs ce même visage, mais déformé par des expressions variant de la joie au désespoir.

– C'est le *Narcisse*, soufflai-je, estomaqué.

J'avais oublié l'existence des études préparatoires. Je savais ce à quoi le *Narcisse* s'affrontait : les déambulations d'une âme entièrement tournée sur elle-même, voyageant dans son propre paysage du bonheur à la tragédie, inapte à survivre ailleurs, mais je n'avais pas imaginé Lorme autrement que pétrissant la glaise en laissant son instinct, l'inspiration, ses quêtes discourir avec ses mains.

Les traits méticuleux du dessin étaient salis par d'innombrables souillures jaunâtres et grises et des éclaboussures mauves comme du vin.

J'aurais pu rester des heures devant cette feuille.

– Je n'ai pas pour habitude de payer mes stagiaires, m'assena le galeriste.

– Chez moi, on dit que ceux qui partent en campagne de pêche sans salaire n'en reviennent pas et je ne voudrais pas mendier ma vie. Je suis pupille de la nation, monsieur, et l'aîné de quatre frères. Mon père qui était militaire est mort au Rwanda. C'est trois cents euros le mois, payables en quarts et par avance ou ça n'ira pas.

Quand te débarrasseras-tu de ta peau de menteur, Tristan ?

Courtin émit un son de gorge embarrassé, puis il sortit son portefeuille et posa sur la table des billets.

– Gardez la monnaie, je vous prends à l'essai.

Dans la lumière blanche de la cave m'apparaissaient la multitude des taches de rousseur sur sa peau, la blondeur des poils et des cils fins, très courts, la rougeur des paupières, les tonalités de l'iris bleu pailleté de jaune, le liseré brunâtre des lèvres, la brillance du menton un peu gras.

Il désigna les étagères.

– Ces grands cahiers reliés en cuir bleu sont les registres d'Hector Dupuis qui…

– … était le mécène de Lorme, le coupai-je, voulant faire mon savant.

– C'est ça. Tout y est : les œuvres, leurs dates, les noms et les adresses des acheteurs. Allez, travaux pratiques ! Prenez-en un, n'importe lequel.

De mes mains gantées, j'attrapai le troisième volume maladroitement, manquant de le faire tomber. Sur sa tranche était inscrit « 1905 ».

– Mettez-le sur la table et ouvrez-le au hasard.

Les feuilles couvertes d'écritures étaient enduites d'une sorte d'onguent.

– C'est un mélange de cire d'abeille et d'extrait d'amande, un embaumement à la façon des Égyptiens, une façon de protéger le papier de l'humidité, des insectes, et surtout des escrocs. Personne ne pourrait modifier ces pages. Vous sentez ce parfum de miel ?

Les textes étaient séparés en sections par de larges traits noirs. La graphologie ronde, malgré la multitude des couleurs d'encre qui désordonnait la vue, et les abréviations, se déchiffrait facilement.

Je lus : « Orphée VII, oct 1904-mars 1905. H : 127 cm, L : 43 cm, signé sur base. Curtivier mai 1905. V. 20 000 francs-or, 3 mars 1906 au Pft Valmain, 9 r Las Cases, Paris 7. »

– C'est la septième version de l'*Orphée*, commencée en octobre 1904, terminée en mars 1905, fondue en mai 1905 et vendue en mars 1906 au préfet Valmain.

Le galeriste me contempla, étonné et ravi.

– Comment sais-tu que c'est un préfet ?

– Qu'est-ce que ça pourrait être d'autre ? Mais pourquoi toutes ces dates, monsieur ?

Il fit une grimace.

– Dupuis avait un esprit de comptable. Il était certes le mécène de Lorme, mais il comptait ses sous. Les dates sont une façon sournoise d'enregistrer le temps, donc des frais de voiture, de bouche et de logis. Une fois qu'il avait vendu une œuvre, il défalquait les coûts. Avec ça, c'était un tordu qui se fichait des acheteurs en se moquant de leurs titres. Préfet devient *Pft* ici, ailleurs ce sera un député qui sera réduit à *Put* ou un président à *Pédent*. Pour Lorme, la personne importante n'était sûrement pas Dupuis, mais Curtivier, son ancien patron, qui lui avait appris la science du bronze et le conseillait. La gestation d'une œuvre pouvait durer des mois avant que la fonte n'ait lieu. Une fonte unique, toujours unique, que Lorme ciselait, limait, patinait lui-même.

Il prit une grande inspiration :

– Savez-vous que le bronze sorti du moule a la couleur de l'or ? De l'or ! C'est l'épreuve ultime pour un sculpteur. Son travail initial fabriqué dans l'argile vient d'être moulé dans le plâtre. Il voit son œuvre en creux, la contemple dans ses intérieurs, assiste à son tuyautage – un jour je vous montrerai tout ça : la cire dont on baigne l'intérieur du moule, la fosse de sable, l'écoulement du métal en fusion, l'ouverture de la matrice. La créature qui s'y trouve n'est plus celle à laquelle l'auteur a donné naissance, mais celle du fondeur qui vient, dans sa deuxième peau, de la mettre au monde. Et l'œuvre est dorée, absurdement dorée. Elle n'a plus la couleur, l'odeur, l'aspect de l'argile. Elle porte les marques des tuyaux et l'alliage s'est, par endroits, agglutiné en petits amas informes et laids. La plupart des artistes ne veulent pas assister à cela – pas leur boulot, et ça va d'accoucher une fois –, ils ne veulent rien savoir de cette transmutation. Mais pas Lorme. L'argile était sa matière de créateur, le bronze celle de son génie. Il exigeait un alliage précis, prenait un temps infini pour ciseler les surfaces, travailler les patines. Les oxydes et acides n'avaient aucun secret pour lui, il savait les doser pour faire naître ces extraordinaires nuances. Sa signature, il ne la gravait dans le métal qu'une fois satisfait du résultat.

Il conclut d'un ton exalté :

– C'était un maître !

Il poursuivit la visite en m'expliquant le maniement de l'appareil de photo sur trépied, la façon de le connecter à l'ordinateur, la méthodologie des fiches de présentation qui toujours devaient inclure l'unique portrait de l'artiste, les éléments du registre Dupuis, les références complètes des expositions, articles, ventes et des extraits de textes d'Ovide ou d'Apollodore parce que « les auteurs anciens, putain, ça en jette ».

Il me désigna un carton.

– Là-dedans sont rassemblées toutes les lettres que Lorme a reçues, il y en a plus d'une centaine. Elles n'aident pas tant que ça, mais avec une intelligence comme la tienne…

Il me flattait et me tutoyait subitement. Cela me déplut.

Je me suis vite accoutumé au langage de Courtin, à ses élans lyriques, ses hypocrisies et ses grossièretés pauvres en vocabulaire mais riches en déclinaisons : *pute, putain, putasse, salaud, salopard, saligaud, con, conne, connard, bordel, bordel de merde, bordel de chiottes…*

À une cliente venue avec son chien, il déclarait :

– J'aime ce manteau, Louise, vous êtes sublime. Bonjour mon petit Kakou. Toi, tu sors du toilettage. Que tu es beau ! Je vous en prie, propre comme il est, il peut se vautrer là où il veut, très chère. J'ai trouvé un socle parfait pour votre *Minotaure*. Si ! Vous l'aurez la semaine prochaine. Moi aussi, je vous adore.

À peine la porte refermée, il crachait :

– La vieille pute m'a encore flanqué son clébard sur mes coussins. Elle se croit au carnaval de Rio avec son truc en plumes qui lui va comme un tutu à un cochon. Un gamin qui croiserait cette tronche refaite au tomahawk, il lui faudrait un demi-siècle de psychanalyse pour s'en remettre, bordel !

Quant à la blonde de la réception, Véronique de Mont, j'aurais été *bien en mal*, ainsi que l'on écrivait dans les livres d'autrefois, de lui donner un âge. Elle avait l'air d'avoir vingt-cinq ans, mais je n'avais jamais croisé une jeune fille maquillée avec autant de soin, habillée de chemisiers de soie couleur aurore, portant de si beaux bijoux, avec des mains aux ongles coquelicot et des cheveux d'actrice.

Elle se tenait froide et inaccessible derrière son bureau.

– On prendrait un café ensemble ? lui proposai-je le premier jour.

– « On » dans cette occurrence est grammaticalement incorrect. Non, il n'en est pas question et n'y revenez pas.

Lorsqu'elle recevait des clients, elle devenait impériale, précise, et en même temps l'intime de ses visiteurs qu'elle appelait par leur prénom, jonglant du français à l'anglais : *Rupert my dear, it has been ages since Ibiza !* Charles, quel plaisir ! Comment se porte votre mère ? *Oh ! Madeline, I am so-so-so happy to see you, how are things in New York ?*

Nous n'étions pas du même monde.

Le galeriste la saluait d'un petit geste auquel elle répondait par un hochement de tête. Une fois par jour, elle lui apportait des dossiers et fermait la porte derrière elle.

Le comptable, monsieur Loiseau, arrivait vers onze

heures et repartait en début d'après-midi. Quinquagénaire aux épaules massives, à la silhouette râblée de catcheur, aux mains larges couvertes de minuscules cicatrices, il trimbalait un lourd cartable en cuir usé, portait toujours la même veste brune en coton épais sur le revers de laquelle était épinglé un ours au ventre doré.

Son rituel était immuable : il se débarrassait de son casque et de sa combinaison de motard, déverrouillait son cagibi, une minuscule pièce au fond de la salle du sous-sol, y déposait sa sacoche et ses affaires, revenait, se servait un café, trempait dedans une pâte de fruit, me lançait : « Ça va, Tristan ? Vous aimez votre travail ? », puis s'enfermait sans attendre ma réponse.

Je lui prêtais, à cause de son asociabilité, de l'état de ses mains, et puisqu'il ne portait pas d'alliance, une maigre vie en banlieue, un jardinet et de vagues amis fumeurs de pipe ou joueurs de pétanque.

En bref, toute une petite vie de raté.

Au cours des cocktails, Véronique et Courtin se montraient aimables, chaleureux envers leurs invités et complices dès qu'un client s'intéressait sérieusement à une œuvre. Ils se renvoyaient magnifiquement la balle. Si le galeriste faisait mine de s'étonner de la remarque d'un collectionneur :

– Lorme aurait rencontré Picasso ? Vous pensez qu'il

aurait été influencé par le cubisme ? Vous avez raison, c'est tout à fait possible en 1909. Qu'en pensez-vous, Véronique ?

– Quelle superbe trouvaille ! s'extasiait-elle. Vraiment, cher ami, vous avez une érudition et une sensibilité extraordinaires.

Puis elle prenait une pose soucieuse, lorgnait le bronze d'un œil neuf, et le client, convaincu que son brillant commentaire changeait la valeur de la sculpture, achetait.

En passant les verres, j'étudiais les invités, tentant de deviner qui ils étaient, ce qui les liait en dehors d'être nantis ou de le paraître. Que personne ne s'adresse à moi ne me heurtait pas, je ne cherchais pas non plus à me faire remarquer. Ces gens s'exprimaient dans un langage qui ne m'était pas familier et je notais au passage les mots qu'ils employaient le plus fréquemment : chic, cher, ma chère, mon cher, puissant, cohérent, tabou, collection, émotion, *darling*, académique, adore (j'adore, il adore, ma femme adore) ; je scrutais les attitudes amicales, anxieuses, séductrices, haineuses, boudeuses, fatiguées, les ballets autour d'une célébrité. Les rires devenaient enthousiastes, outrés, lorsqu'il s'agissait d'un acteur ou d'un mannequin, et les visages se faisaient sérieux, concentrés, devant une personnalité politique, un écrivain célèbre ou un conservateur de musée.

Des femmes très maquillées, blondes pour la plupart, jeunes, ou d'apparence jeune, superbement coiffées et vêtues, se tenaient en harem, faisant décor, ne détenant aucun pouvoir visible. Entre elles et les autres femmes qu'un taxi déposait, qui entraient d'un pas rapide, faisaient rapidement le tour de la salle d'exposition et ne parlaient qu'aux hommes, se tenait une frontière. Parmi cette population féminine surgissait parfois l'une vers laquelle les têtes se tournaient. J'apprenais alors qu'il s'agissait d'une puissante courtière en art et, dans la foulée, avec qui elle avait *couché*.

Dans la gent masculine, j'avais, dès le premier cocktail, saisi que ce n'était pas le costume, la rosette de la Légion d'honneur, les chaussures cirées qui indiquaient l'acheteur potentiel ; que le type à cheveux longs, en jean et baskets était mille fois plus riche que le bourgeois en tailleur ; que le fébrile à lunettes rondes était l'agent d'un collectionneur mythique dont le nom se chuchotait. Je n'entendais jamais dire d'un courtier qu'il avait *couché avec*.

Les conservateurs de musée – des hommes principalement – se repéraient à quelque chose de compassé, de supérieur dans le front, d'inférieur à l'étage de leur veste ou robe, et à la longueur de leurs phrases.

Autour de ce noyau, les soiffards, les pique-assiettes, les ambitieux, les louches occupaient le terrain.

Je n'étais qu'un serveur de hasard parmi des serveurs de métier que mes usages de garçon de café de province exaspéraient. Pour me consoler de mon état de petit Breton sans argent ni relations, je considérais cette société avec ironie. Je me forçais à trouver les blondes bêtes, à les résumer à leurs petits sacs et à leurs boucles joliment arrangées sur la nuque, me répétais qu'elle était affligeante la courtière à talons hauts ; qu'il était ridicule le gros à rosette de Légion d'honneur ; grotesque l'homme d'affaires en baskets suivi de son garde du corps en complet veston ; pathétique le petit conservateur vaniteux. Je me révoltais devant tout ce fric qui se déversait dans les coupes de champagne – merde, avec tous les mendiants, les émigrés dans les rues, la guerre et la famine dans le monde – et, après le départ des invités, je vidais les fonds de bouteille en mimant les voix et les gestes.

Je me souviens d'un grand fracas lors d'un cocktail. Une femme mûre, corpulente, magnifiquement habillée d'une robe-tunique fabuleuse dont les verts et orange voletaient comme une armée d'oiseaux des îles autour d'un ornement en bois qui pendait entre ses seins lourds, trônait dans la salle d'exposition entourée de dizaines de gens bourdonnant autour d'elle : Jacqueline, vous êtes magnifique ! Jacqueline, quelle robe ! Quel sublime collier ! Nous retrouverons-nous cet été à Saint-Barth, Jacqueline ? Je vous emmène demain à la visite privée de l'exposition de…

Une brune terne, passe-muraille dans un tailleur-pantalon gris moche, s'approcha et lui déclara froidement en désignant le pendentif :

– Beau bijou, madame. C'est très chic.

– Chic ! Chic ! Chic ! Vous autres qui ne comprenez rien à l'élégance n'avez que ce mot à la bouche ! éructa cette Jacqueline en toisant avec mépris l'importune.

Le troupeau des admirateurs ricana et le visage de la brune se durcit.

– Vous avez raison, madame, chic n'est pas le terme qui convient à cet objet provenant de la nécropole des rois du Buganda à Kasubi, sous protection de l'Unesco. Ce n'est effectivement pas le vocable adapté à ce rarissime sceau royal volé il y a un an et qui maintenant se retrouve ballotté sur votre poitrine. Scandaleux serait mieux, non ?

– C'est qui cette malade ? brailla la Jacqueline en jetant des yeux fous autour d'elle.

– Cette malade est chef de mission à Interpol, répondit la femme en lui montrant une carte, je vous prie de me suivre.

Une voiture noire derrière le pare-brise de laquelle s'affichait en rouge le mot « Police » attendait sur le trottoir.

Le groupe qui, la minute d'avant, faisait ruche se disloqua dans les chuchotements : « Trois générations que sa famille se nourrit de pillages » ; « Elle est insupportable, si vulgaire » ; « Non, je ne la fréquente pas, et vous ? – Vous plaisantez, jamais de la vie. »

– La roche Tarpéienne est proche du Capitole, me souffla un type complètement ivre en m'enserrant la taille. Il vous reste de cet excellent chablis, mon petit ?

Dans cette mémoire de cocktails me revient aussi un vieillard à tête d'évangéliste comme on en voit dans les tableaux italiens du XVIIe siècle qui, appuyé sur une canne devant un *Orphée*, me récita :

Et maudite la fleur naissante et l'épi mûr.
Ne tracez pas de mots magiques sur le mur.

À mes débuts, j'avais le vertige en enfilant les gants de coton pour manipuler les dessins. Ils m'infligeaient une peau et une stature qui m'étaient étrangères.

Les trois thèmes, Orphée, le Minotaure, Narcisse s'y déclinaient, comme sur les sculptures, en de multiples variations. Lorme tournait en toupie autour de ces sujets illustrant trois tragédies de l'Homme. Narcisse : l'impossibilité de savoir qui nous sommes, la hantise de l'autre, de l'étranger en soi ; le Minotaure : le combat entre l'esprit et l'instinct ; Orphée : le deuil éternel.

Les obsessions de Lorme n'étaient pas une exception. Beaucoup d'artistes modernes s'étaient polarisés sur un même motif comme Bonnard avec sa Marthe au bain, Morandi avec ses bouteilles ou Alberto Giacometti avec ses chaises et son Diego qui n'était même pas beau, mais je me questionnais. Où Lorme avait-il la tête en 1903 pour remplacer les mains d'Orphée par des feuilles d'acanthe ? Pourquoi deux ans plus tard en avait-il fait des poissons ? À quelle source avait-il puisé en 1907 pour transformer le reflet du visage jeune de Narcisse en celui d'un patriarche quand, l'année précédente, il n'y avait à cet endroit qu'un nuage ? Pourquoi donnait-il au Minotaure de 1902 un corps de nourrisson et à celui de 1913, celui d'une femme ?

Je me flagellais. À mon âge Lorme était en pleine maîtrise de son art et moi, où en étais-je ? Nulle part ! Tandis que lui consacrait toute son énergie à son œuvre, je n'étais pas même capable de me souvenir pourquoi j'avais écrit dans mon cahier : « Si tu regardes l'abîme, l'abîme te regarde aussi », ou ce qui m'avait intéressé dans le concept de *Schadenfreude*. Lui, à vingt ans, il avait un métier, du génie, avait exploré l'âme et le vivant, mais moi, si je mourais demain, quelle épitaphe me servirait le monde ?

Ci-gît Tristan Karadec qui était… qui était quoi ? Un taré qui croyait mordicus en son ami intérieur, ne se séparait jamais de sa pierre, et toute son enfance avait emmerdé ses parents ?

Qu'est-ce que c'est : faire quelque chose de sa vie ? Je ne cherchais pas la réponse, mais la formule. Mes tentatives sont dans mon cahier :

« Une vie réussie, c'est l'addition de l'amour et de l'argent. »

« Réussir sa vie, c'est aimer même les cons et les rats. »

Dans la série de mes réflexions lamentables, cet acmé :

« Faire quelque chose de sa vie, c'est se suicider avant d'avoir des cheveux gris ou d'être chauve. »

Les registres d'Hector Dupuis recensant les ventes des œuvres de Lorme s'arrêtaient en 1913, date de la disparition de l'artiste. Une matinée, j'ai tout additionné. Hector Dupuis avait vendu soixante-cinq bronzes en treize ans.

Les chiffres, c'est important les chiffres. Ça donne la mesure des choses.

– Combien de bronzes Lorme a-t-il réalisés en tout, monsieur Courtin ?

– Cent trente-deux. La liste a été retrouvée dans les archives de la fonderie Curtivier.

– Cent trente-deux en treize années ? Donc Lorme a exécuté environ dix sculptures par an. C'est beaucoup ?

Il se passa la langue sur les lèvres.

– Avec les artistes, c'est pas l'usine. Bourdelle produisait moins, Rodin et Giacometti largement plus. Dix œuvres par an pour un type qui réutilisait constamment ses propres motifs ? Ça pourrait paraître peu, mais si l'on considère qu'aucun détail n'est la copie d'un autre, ce n'est pas mal.

Puisque Dupuis avait vendu soixante-cinq bronzes et que Lorme en avait produit cent trente-deux, le galeriste en avait trouvé quarante-sept dans le grenier de sa maison de Toulouse, ai-je calculé.

Le prix moyen d'une œuvre étant de cinquante mille euros, son stock s'évaluait donc à plus de deux millions, auxquels s'ajoutait la valeur des dizaines de tableaux et autres sculptures de la galerie. Je trouvais cela époustouflant.

« Posséder n'est pas vendre, et as-tu la moindre idée de ce que coûte une galerie en plein cœur de Paris ? Du montant des assurances, des impôts, des frais ? Ton patron se débrouille bien, mais il n'est pas Wildenstein et sa fortune dépendra de son adresse à contrôler le marché », me fit remarquer Henri.

Le marché. Ce mot qui avant mon arrivée dans la capitale recouvrait un labyrinthe de métiers et de pratiques relevant du sacré se rétrécissait dans la bouche de Courtin aux *galeristes-cons*, *marchands-véreux-connards*, *experts-qui-flanquaient-le-bordel.* Pas un n'échappait à son ire, mais comme il devenait poli, aimable, modeste, chaleureux, lorsque l'un franchissait le seuil de la galerie ! Il n'était alors plus question que de *cher ami* ou de *cher confrère*.

Fasciné par les lettres que ses contemporains avaient adressées à Lorme, je les avais scannées et transférées dans mon ordinateur pour les lire tranquillement le soir. S'agissant principalement de félicitations, de déclarations exaltées, de commentaires mondains, rares étaient celles contenant des informations exploitables. Mais, parfois, une pépite surgissait :

Paris, 7 janvier 1913

Monsieur,

Tandis que la Nation française a les yeux rivés vers le Rhin, que les patriotes réclament que l'on en finisse une fois pour toutes avec l'aigle bicéphale, que nos fils nous supplient de combattre le Germain barbare, vous attirez des foules imbéciles. On a vu chez vous ce Pikasso (sic)*, un Espagnol sorti de la fange, une clique de métèques invertis dont l'horrible Juan Gris suivi par le mollusque qui veut qu'on le nomme Apollinaire pour cacher au monde qu'il est porteur de la gangrène des apatrides, l'amerloque Toklas la toquée et sa grosse Gertrude. Pas un qui était là, pas un !, n'était un pur Français. C'est une honte, monsieur ! Vos laideurs que vous nommez œuvres et dont un enfant ne voudrait pas seront anéanties demain par le Temps qui ne conserve que le Beau.*

Vous n'avez pas mon respect.

Louis Purleau, député.

Dans cette missive tracée d'une main colérique à l'encre noire sur un papier à l'en-tête de l'Assemblée nationale, je découvrais que Picasso, Juan Gris,

Gertrude Stein, Alice Toklas, Apollinaire étaient venus voir les bronzes de Lorme chez Dupuis.

– Fantastique ! se réjouissait Courtin. Note, Tristan, note !

« Ainsi, je mourrai sans vous connaître ? » avait écrit en bleu sur un bristol épais une certaine Fernande.

Au dos d'une carte postale des mégalithes de Carnac entre lesquels paissaient des moutons et circulaient deux femmes à ombrelle, une Juliette avait griffonné au crayon :

« Maître, vous êtes le trait d'union entre les anciennes âmes que la figure indifférait, et les nôtres si ancrées dans le désir du retour à notre essence, et pourtant si âpres à vivre l'inutile et si peu enclines à apprécier le passage que la vie leur offre. Vos silences me sont d'or. »

Des fureurs claquaient comme des vagues sur des rochers par tempête. « Je vous hais, Lorme ! Je vous hais ! Comment un homme digne du nom d'homme pourrait se voir dans le miroir de vos infections ? Comment osez-vous exister ? » avait vomi un anonyme.

Un Charles avait composé à l'encre sépia, sur un papier parcheminé et dans un style calligraphié que l'on aurait pu, avec tous ses entrelacs, croire du Moyen Âge, une dissertation alambiquée sur le *divin poète*. Des intellectuels étalaient leurs connaissances, des exaltés s'enthousiasmaient, des quémandeurs réclamaient, des femmes – beaucoup de femmes – s'épanchaient.

« Vos Minotaure, monsieur, sont les miroirs de la

souffrance des humains auxquels on n'accorde pas le temps de se connaître et qui ne peuvent résoudre l'énigme de l'abandon. »

Cela tracé sur une petite carte découpée dans un patron de robe. Au verso, se voyaient les instructions pour la fabrication des manches. De très belles manches qui s'évasaient au poignet.

Cher artiste,

Le deuil de l'aimé est le commencement de la décomposition des âmes, de leur dislocation entre les temps passé, présent et futur. De leur recomposition vers l'inéluctable silence. Vos Orphée *ont été déchirés par des bacchantes folles, ces grandes croyantes nourries d'illusions en des lendemains obscurs. Il fallait que le chant d'amour et de mort d'Orphée cesse, n'est-ce pas ? Il le fallait pour que les hommes puissent vénérer la guerre et la jeunesse, n'est-ce pas ? Pour qu'ils n'entendent plus en eux les cris de l'absence, n'est-ce pas ?*

Prenez garde à vous.

Germaine M.

Cela écrit à l'encre violine sur une feuille rose.

Je percevais la mélancolie angoissée qui se tenait sous ces *n'est-ce pas ?*, et j'espérais que Lorme avait répondu, non pas en phrases – je ne l'imaginais pas écrivant –, mais avec un dessin qui aurait fait amarre entre cette Germaine et lui.

Il me venait en lisant cette correspondance des images de silhouettes assises sur des bancs de parc, penchées sur des bureaux éclairés par des chandelles, accoudées à des zincs de bar ou des guéridons de café ; des visions de lits couverts d'édredons en plume, de cheminées pétillantes, de salons enfumés, de foules anciennes déambulant. Il me venait des réflexions de vieux, aussi. Je me disais qu'il avait été plus beau que le nôtre ce monde où les gens couchaient de leurs graphologies singulières sur des papiers de hasard leurs admirations, confessions, rages ; qu'elles étaient splendides leurs ratures et leurs bavures de plume.

Le vendredi matin, Courtin me recevait pour faire le bilan de la semaine, me remettre ses corrections ou ajouts sur les fiches de la séance précédente, me suggérer d'autres sources pour les sculptures que je n'avais pu localiser. Il était, dans ces occasions, précis, pointilleux à la virgule près, patient, n'étalait pas son savoir, et s'il me corrigeait, c'était sans s'énerver. Il digressait sur l'Histoire, les mondanités, les artistes à la mode, les gazettes au temps de Lorme, puis me remettait mon enveloppe de billets en me tapotant l'épaule.

– C'est bien.

La mariée, qui dans l'herbe marchait escortée de naïades, meurt, blessée au talon par la dent d'un serpent. Après l'avoir sur terre dûment pleurée, osant braver même les ombres, Orphée par l'entrée du Ténare au Styx descend. Frappant sa lyre, il chante :

Ô puissances régnant sur le monde d'En-Bas, je viens chercher ma femme. Elle a marché sur une vipère, et son venin lui a pris sa jeunesse. J'ai cru le supporter, j'avoue, j'ai essayé. L'Amour vainquit. Si les destins ne veulent pas lui faire grâce, je ne rentre pas, jouissez de nos deux morts.

Comme il parlait, heurtant les cordes de sa lyre, les fantômes pleuraient, Tantale laissa fuir l'onde, la roue d'Ixion s'arrêta, les vautours cessèrent de ronger les foies, les Danaïdes d'emplir l'urne, Sisyphe à son rocher s'assit, Perséphone et le roi des Enfers n'y peuvent résister.

Eurydice, appelée, quitte les ombres neuves, et revient à pas lents, gênée par sa blessure.

Pour la garder, Orphée ne devra pas se retourner.
Mais quand l'amoureux époux, près de faire surface, redoutant de la perdre, impatient de la voir, se retourne, aussitôt elle retombe aux Enfers.

Ces extraits d'Ovide accompagnaient toutes les fiches des versions d'*Orphée*. J'avais retenu la leçon de Courtin : « Les auteurs anciens, putain, ça en jette. »

En octobre, je fis des recherches sur une version de 1907.

– Ce bronze a disparu, annonçai-je au galeriste. Il a été vendu à un certain Robert Lévy vivant à Maraines-sur-Seine. J'ai consulté Google. Sa maison a été pillée en 1942 et la villa n'existe plus.

Le galeriste poussa un gémissement comme si je venais de lui apprendre la mort d'un ami.

– Salauds de nazis ! Demande à Véronique de consulter le Art Loss Register.

La blonde prit ma fiche, me fit signe de partir avec ce geste qu'autrefois les seigneurs réservaient à leurs valets, ce qui m'ulcéra.

– Votre Altesse daignerait-elle m'expliquer ce qu'est que le Art Loss Register ?

– L'organisme qui rassemble les informations sur les biens volés aux juifs pendant la guerre. Je n'aime pas votre genre d'insolence.

– Moi, je n'aime pas les icebergs snobs.

– Vous êtes un petit provincial sans manières, Tristan,

vous ne ferez jamais carrière, cracha-t-elle, empourprée de colère, en frappant le clavier de son ordinateur de ses doigts minces, aux ongles coquelicot. Dites à monsieur Courtin que ce bronze n'est pas répertorié.

– Ces fumiers auront détruit cet *Orphée* comme ils ont détruit des milliers d'œuvres ! se lamenta le galeriste qui, dans la foulée, me fit une conférence sur l'idéologie nazie, le principe de l'art dégénéré et les méthodes de destruction des œuvres interdites par les sbires d'Hitler.

Pris d'une inspiration subite, il se frappa le front.

– Si ça se trouve, il n'a pas disparu !

Les jours suivants, il s'enferma dans son bureau et un matin apparut en jean et baskets, une valise à la main, laissant sa voiture, un énorme break luxueux, garée sur le trottoir. D'un ton de général d'armée, il annonça qu'il allait *sur zone* et comptait sur nous pour *tenir la baraque*, puis il disparut au volant de son engin.

– Il est parti en enquête, souffla le comptable en fermant les yeux, comme s'il priait pour la bonne fin de cette croisade.

Dès l'instant où il ne fut plus là, l'atmosphère de la galerie se transforma. Monsieur Loiseau ne se montra plus et Véronique tint dès onze heures bar ouvert dans la salle d'exposition. Le champagne coula à flots pour des interlopes fumant toutes sortes de choses. Quant à moi, après lui avoir refusé mes services de barmaid et m'être reçu des cataractes d'insultes, je restais planqué dans ma cave où je révisais mes partiels.

Le galeriste téléphona le vendredi suivant. Il avait retrouvé l'*Orphée* et revenait le lendemain.

Ce fut le branle-bas de combat. Le concierge de l'immeuble adjacent évacua les cadavres de bouteilles, Véronique vida les cendriers, rangea frénétiquement, ralluma les bougies parfumées et le comptable revint.

Courtin débarqua vers les onze heures. Il avait, teint excepté, l'allure d'un amiral revenu d'un périple au long cours, les yeux encore dans le lointain et la mise chiffonnée de celui qui a extirpé sa chemise d'un sac et s'est peigné avec les doigts.

Sous les yeux de monsieur Loiseau et de Véronique alignés comme des soldats sur le trottoir, je sortis de son coffre une forme enroulée dans un tissu en lambeaux pesant le poids d'une enclume et que, vacillant sur mes jambes, je déposai sur son bureau. Armé de mes gants, je la déballai.

Couvert de moisissures verdâtres, de plaques de lichens, de crottes de souris, de mouches et punaises mortes, l'*Orphée* ressemblait à un cadavre en décomposition.

Le ton sur lequel le galeriste m'ordonna de photographier le macchabée, sans en altérer l'état, fit que je me pris pour un médecin légiste exécutant une autopsie sous les yeux d'un grand flic narrant à son équipe son enquête.

Installé dans une auberge à Maraines, Courtin avait convoqué un préposé de la mairie qui, moyennant quelques billets, avait extirpé des annales municipales l'historique : Robert Lévy, acheteur initial de l'*Orphée*, avait légué sa propriété à son petit-fils, Guillaume Lévy, qui lui-même l'avait donnée à sa fille mariée à un industriel nommé Georges Armécourt. En 1941, la villa, réquisitionnée pour abriter des écoliers et des religieuses, avait été vidée de ses meubles et œuvres d'art, lesquels avaient été entreposés dans une dépendance du presbytère puis vendus aux enchères par l'autorité occupante. Gangrenée par la mérule, la maison avait été rasée en 1969.

Le même préposé lui présenta une vieille dame dont la mère avait été la domestique du couple Armécourt, et celle-ci lui rapporta que l'affaire de la vente des biens de la villa avait suscité bien des commérages. « Notre vieux curé en savait beaucoup, seriez-vous venu il y a une semaine qu'il vous aurait parlé. À cent un ans, il avait encore toute sa tête, seulement maintenant il est mort. On l'enterre demain. »

Elle lui conseilla de se rendre au plus vite dans la demeure du défunt, que des paroissiennes étaient en train de vider et de nettoyer.

Devant la maison du curé s'alignaient des dizaines de sacs-poubelle. « Mon pauvre monsieur, lui dit une commère en agitant ses mains gantées de plastique rose, entrez si vous voulez, mais je vous préviens, ça ne sent pas bon. Le père André ne laissait personne faire son ménage et l'aider à sa toilette. Nous n'avons pas encore fait son office, allez donc voir, et servez-vous de ce que vous voulez. L'évêché n'en veut pas et il n'avait pas de famille. Demain, ordre du maire, nous envoyons tout à la déchetterie ou chez Emmaüs.

Les murs de la pièce sombre et voûtée étaient couverts de longues traînées noires. Une odeur rance, acide, stagnait.

– Toutes ces dégringolades de toiles d'araignées et cette odeur, c'était à vomir, soupira Courtin. On ne peut pas croire que de nos jours un vieux ait vécu dans une indigence pareille. Je ne sais pas comment ce type se nourrissait, mais pour moi il y avait beau temps qu'il n'était plus descendu dans cet endroit qui apparemment lui avait servi de bureau, de salon et de cuisine, vu qu'il y avait une gazinière, une grande table et une grosse armoire fermée à clef. Un vieillard qui n'a personne à qui léguer ses souvenirs, avant de s'écrouler, qu'est-ce qu'il fait ?

Véronique leva un doigt comme une écolière.

– Son testament ?

– Non, ma petite. Il planque les clefs de sa caverne d'Ali Baba ! Mais comme il ne se déplace pas facilement, il ne va pas chercher loin. Dans la pièce, il y avait un gros machin en ferronnerie plein de cannes et de parapluies qui était là, juste à côté de l'armoire.

La voix et les gestes de Courtin faisaient caméra.

Ce *gros machin*, ce moment où le galeriste a trouvé la clef dessous, l'a engagée dans la serrure du meuble, l'a forcée trop violemment et l'a brisée, je l'ai vu comme si j'y étais. J'ai ressenti son désarroi, suivi ses yeux scrutant la pièce, s'arrêtant sur la gazinière, ses mains fouillant derrière la bouteille de gaz, trouvant la pince à l'arrière. J'ai entendu cette pince riper sur la tige de la clef, une fois, deux fois, dix fois, puis le pêne de la serrure céder, les vantaux s'ouvrir sur…

– Une géhenne de vieux papelards, un bordel d'enfer de gazettes grignotées par des rongeurs sur lequel régnait le squelette d'une chauve-souris. C'était dégueulasse !

Fatigué, déçu, il culbuta sur le sol les liasses de programmes pastoraux, nécrophilies, annonces civiques, réclames de magasins locaux.

J'attendais le rebondissement, plein de cette fausse forme d'angoisse qui nous advient bien que l'on sache la fin – jamais Indiana Jones ne perd et le trésor était sous mes yeux – et je frétillais d'impatience.

– Les papiers n'étaient que la première couche. Derrière ce premier rempart se tenaient une vingtaine de grosses boîtes cartonnées. Qu'est-ce qu'il y avait à l'intérieur de ces boîtes ? Je vous le donne en mille.

Le butin de Rackham le Rouge, les bijoux de la

Castafiore, les secrets de l'Arche perdue ? Bien sûr que je n'en étais pas là, mais j'ai été sincèrement déçu en entendant :

– L'intégralité de la correspondance entre un curé et sa hiérarchie ! Des conneries de quotas de bûches, de nombre de missels, de salaires de la bonne, du jardinier, des factures pour la restauration d'un vitrail, l'achat d'un nouvel orgue, les gages du diacre, des plaintes sur le nouveau chauffage, des décrets du Vatican sur les normes des tombeaux, des encycliques, des missives, dont trois d'amour... Non, je plaisante.

L'une des dames à gants roses vint le trouver : « Monsieur, le soir tombe, nous devons rentrer chez nous. »

Le galeriste la supplia de patienter dix minutes.

– Pourquoi dix minutes ? L'instinct ne s'explique pas. J'ai fouillé comme un malade les papiers, comme un malade, et j'ai découvert ceci !

Dans un geste triomphal, il extirpa d'un sac en plastique une vieille chemise cartonnée sur laquelle était inscrit « Affaire Lévy-Armécourt », et posa une pogne de vainqueur dessus.

Le dossier contenait trois lettres. L'une, dans son enveloppe timbrée, datée « Pontoise, 3 mars 1941 », était à l'en-tête de la Confrérie de Notre-Dame de Sion. Une Mère Abbesse demandait au curé assistance et abri pour six religieuses et trente enfants.

La deuxième était signée Georges Armécourt :

Mon Père,

Mon épouse Marie-Louise et moi-même accédons à votre requête. Les sœurs de Sion disposeront des literies, draps, couvertures, du mobilier des chambres et de la vaisselle de l'office. Nous vous prions de bien vouloir faire entreposer avec toutes les précautions possibles les meubles, tapisseries, sculptures et tableaux de la salle à manger et des salons dans les communs du presbytère.

La troisième missive provenait de la mairie de Maraines :

Mon Père,

Je prends acte de votre missive du 7 juillet relative aux biens de la juive Lévy, épouse Armécourt, je m'oppose à votre décision et vous ordonne de mettre les biens de la villa Lévy à la disposition des autorités.

Courtin nous montra le verso de cette lettre. Il y était inscrit *sarc*, *cry* au crayon.

– Le mystère n'était pas épais, il ne fallait pas être Einstein pour traduire « sarcophage crypte » et comprendre que le curé rétif avait dissimulé les biens Lévy sous son église et laissé cette note à l'adresse d'une personne de confiance.

Le lendemain, quand tous étaient au cimetière pour l'inhumation du centenaire, le galeriste pénétra dans la sacristie, s'empara de la clef de la crypte, inspecta l'un après l'autre les caveaux. Tous étaient ouverts et vides. Découragé, il s'affala sur ce qu'il prit pour une margelle en pierre et, surpris par le passage d'une souris, laissa tomber son portable sur le sol. En le ramassant, il vit un bas-relief sur la base, l'éclaira.

– En apercevant un chérubin, j'ai tout de suite compris. J'étais assis sur la tombe d'un gosse !

Le couvercle n'était pas scellé. Il le fit pivoter. Dedans, une forme emballée.

– J'aurais juré que c'était un cadavre dans un suaire, et j'ai été pris d'une peur horrible. François, je me suis dit, reprends tes rênes, il n'y a personne de vivant là-dedans et les morts ne sont pas des crocodiles. En palpant le tissu, j'ai senti sous mes doigts une matière dure. J'ai fait valdinguer le couvercle, il s'est pété en deux, mais je m'en fichais. En soulevant un bout du linceul, j'ai vu l'œil d'*Orphée*, alors…

Sa voix prit un timbre tragique :

– Alors, je l'ai emporté comme un père emporte son enfant malade, comme un sauveteur prend dans ses bras un noyé, un soldat son camarade blessé ! Vous me comprenez ?

Véronique, les yeux embués, hocha la tête. Le comptable regardait ses pieds, et moi, j'étais ému, ébahi, mais très inquiet.

– Mais monsieur, en aviez-vous le droit ?

Il me jeta un regard peiné.

– Tu crois que quoi ? Que je suis parti, comme un malfrat son butin en poche ? Pas du tout ! Je suis rentré à l'hôtel avec le bronze, ça oui ! Puis j'ai pris mon ordinateur, me suis branché sur le site Genealogia, j'ai tapé Armécourt et j'ai suivi les branches de cette famille comme un petit singe, ce qui m'a mené à Julien Armécourt, petit-fils de l'industriel, unique descendant de cette lignée. J'espérais une belle adresse à Paris, et qu'est-ce que j'ai trouvé ? Un vétérinaire exerçant à dix kilomètres de Maraines ! Je lui ai téléphoné : « Monsieur, je suis en possession d'un objet d'un certain prix ayant appartenu à votre famille. » Le type croyait que je voulais lui vendre une bible ou le piéger avec une assurance et il m'a raccroché au nez. J'ai pris ma bagnole et je suis allé chez lui. Baraque moche, odeur de fausse lavande dans l'entrée, madame en chaussures de sport et la ribambelle de gosses en jogging. Tiens, regarde.

Il me montra sur son portable des photos de gens devant une bicoque moderne et bien tenue. L'homme au centre aurait pu, s'il avait été plus grand, être mon père.

– Quand il a vu l'*Orphée*, il a piqué une colère et m'a menacé d'appeler les urgences psychiatriques.

J'ai imaginé mon géniteur face à une œuvre de Lorme dans cet état. Il aurait ri, mains sur les hanches et toutes dents dehors. Ri ! et gentiment raccompagné le visiteur au portail, en le tenant fermement par l'avant-bras. « Allez faire votre commerce d'objets affreux ailleurs. » Mais en entendant Courtin lui dire : « Ceci a appartenu à votre aïeul, docteur Karadec, et je souhaite vous l'acheter », il aurait réagi comme cet Armécourt, en proposant à l'inconnu d'entrer, lui aurait offert un café, l'aurait écouté, ébranlé, aurait ouvert les vieux albums de famille, téléphoné à une arrière-tante, entendu : « Bien sûr que ta grand-mère était la fille de Guillaume Lévy », et aurait empoché le chèque de cinq mille euros, signé une facture et serré la main de Courtin en le félicitant : « Vous êtes un honnête homme, monsieur. »

Il n'arrive pas tous les quatre matins qu'on débarque chez vous pour vous proposer une somme pareille pour une horreur moisie.

Une dizaine de jours plus tard, parut dans la revue d'un musée français un premier article titré : « La résurrection d'Orphée ». Il fut suivi d'une flopée d'autres. Courtin passa aux actualités de vingt heures, quarante-sept secondes en prime time, avec un gros plan spectaculaire sur les yeux rongés de lichens d'*Orphée* et les mains gantées du galeriste. Le bronze restauré et tous les éléments de l'enquête furent exposés dans la galerie. Une déferlante de curieux vint, des collectionneurs se précipitèrent. Courtin refusa de vendre sa trouvaille et doubla les prix des autres sculptures.

Être Lui, sans la ventripotence, les vulgarités, le parfum et la bagouze, mais être Lui. Vivre au diapason d'une quête héroïque, glorieuse et généreuse. Courtin ne s'en était pas vanté, mais je devinais qu'en remettant une somme rondelette au descendant de la lignée des Lévy-Armécourt, il avait fait un acte expiatoire qui se prolongeait dans son refus de la vendre.

Je me suis mis à dévorer des livres sur les trouvailles les plus fabuleusement hantées : le trésor du *Nuestra Señora de las Dolores*, ce vaisseau aux quinze tonnes d'or et d'argent et aux trois mille émeraudes voué à ériger une cathédrale qui, son capitaine voulant détourner la cargaison à son profit, avait coulé ; le butin viking de Malloway enfermant de l'or, de l'orfèvrerie religieuse et des graines d'une plante que personne n'avait pu identifier, parce que, disait la légende, toute la famille de la plante s'était éteinte dès lors que des hérétiques avaient touché les graines ; les terribles malédictions s'abattant sur les profanateurs des tombeaux des pharaons, etc.

J'avais vingt ans, les barrages de mon ambition antérieure s'écroulaient, mes exploits futurs de découvreur de reliques extraordinaires se déversaient en cataractes sous mes yeux, je passais un temps fou à dessiner dans mon Cahier de pensées des signes et symboles pour bâtir la science de l'archéologue inspiré que je deviendrais.

La magie changeait de cap lorsque le soir je retrouvais ma grand-mère dans son salon chapeauté d'une impressionnante verrière donnant sur les ciels de Paris. Le ciel voilé comme une veuve d'autrefois par la couche de pollution, le ciel nettoyé par les vents venus de l'Atlantique lui porter secours, le ciel engrossé de pluie, le ciel se prenant pour une prairie avec les nuages blancs broutant l'azur, le ciel de nuit menacé par le phare de la tour Eiffel, les avions, et tout l'orange de la ville.

Le ciel s'imposait d'emblée dans ce lieu au sol en bois clair, et qu'il y eût un long sofa sur lequel des magnifiques coussins s'alignaient, une table basse en granit rouge, un très beau bureau ancien dont les pattes s'ornaient de rinceaux de vigne, était sans importance. Seule leur impermanence sous les nuées sautait aux yeux et je m'y sentais petit, mais vivant et précieux face au sourire qui s'élargissait en me voyant.

Succédait à ce salon un couloir dans lequel nous pénétrions par une porte si basse qu'il fallait se courber pour la franchir. Ce passage après quelques mètres se scindait en deux chemins : l'un menant à la chambre de ma grand-mère, l'autre à trois cellules lui servant de bibliothèque et d'archives professionnelles. Nous en faisions souvent le tour pour les dépoussiérer. Elle pointait de temps à autre le doigt vers un dossier cartonné et racontait :

– Celui-là, c'était la vente de l'appartement du dernier grand maître équarisseur de Paris. Il habitait en face de l'hôtel Meurice et avait eu neuf enfants. Il est mort à quatre-vingt-douze ans complètement seul. Ses notes de gaz et d'électricité n'étant plus acquittées, un huissier m'a sollicitée, et quand nous sommes entrés chez lui, après qu'un policier ait fracturé la porte, des oiseaux se sont enfuis par des vitres brisées. Les rideaux étaient truffés de nids, réduits à l'état de dentelles, tous les meubles et tapis étaient couverts de déjections. Dans une chambre, sur un lit, nous avons trouvé un squelette et sur les os de son bassin le *Hamlet* de Shakespeare.

Dans la cellule-bibliothèque, elle piochait des livres :

– Tu devrais lire ça.

C'est ainsi que sur une page de *La Symphonie pastorale* de Gide, je suis tombé sur ce passage surligné au crayon :

« – Mais, Gertrude, pour avoir des enfants il faut être mariée.

– Ne me dites pas cela, pasteur. Je sais que cela n'est pas vrai.

– Je t'ai dit ce qu'il était décent de te dire, protestai-je. Mais en effet les lois de la nature permettent ce qu'interdisent les lois des hommes et de Dieu. »

Nous vivions comme un couple d'amnésiques, bavards sur le présent, ignorant le passé. Entre nous ne s'infiltraient ni impatience, ni attente. Pourtant le mot « vérité » revenait constamment dans nos conversations. Au centre de « vérité » se tenait le mystère de la naissance de maman et de la mésentente familiale, nous le savions, mais nous ne l'abordions pas.

J'ai noté dans mon cahier cette phrase qu'elle prononça un jour : « On ne peut rien faire de beau ou d'intéressant avec de la vérité pure. »

À l'heure du dîner, Henri escaladait la fenêtre avec du vin ou un plat et nous nous asseyions en face d'elle. À la lueur du crépuscule, elle ressemblait à un tableau flamand. Une de ces peintures accusant l'âge avec tendresse.

Lors d'un repas, Henri parla avec enthousiasme d'un film d'animation japonais, une histoire de princesse descendue de la lune :

– Des dessins d'une beauté inouïe, des ruptures de style et de rythme étonnantes. Ce n'est pas une simple fable, mais une interrogation fascinante sur notre rapport au temps. Tu apprends l'art du Japon à l'université, Tristan ?

– Pas encore, c'est au programme du trimestre prochain. Ça m'intéresse beaucoup. Quand j'étais petit, j'avais un ami japonais qui se nommait Marc Kurosawa.

Henri eut un sourire émerveillé.

– Kurosawa ? Comme le réalisateur ? Formidable ! s'extasia-t-il, ses mains palpant à l'aveugle la nappe pour y trouver le paquet de cigarettes et son briquet. Et comment était-il ce garçon ?

La flamme me parut être signal de bon passage vers cette mémoire et j'ai fait défiler en vrac la chemise de Marc, la bouche en bec de corbeau de mademoiselle Micheline-la-Vacharde, le Manoir, le bateau dans l'arbre, les frites vinaigrées, l'atelier de madame Kurosawa et ses mules mauves.

Enhardi par le vin et leurs sourires, je continuai :

– Marc m'avait offert avant de quitter l'école Saint-Gildas un livre de contes de son pays. Un soir, j'ai vu un homme vêtu d'un kimono bleu brodé de nuages sortir des pages et je l'ai appelé monsieur Kurosawa. Depuis, lui et moi ne nous sommes plus quittés.

Mamie Simone et Henri échangèrent des œillades effarées. Quelques secondes s'écoulèrent qui me semblèrent être des siècles. Qu'est-ce qui m'avait pris de leur avouer ça ? J'étais mortifié par leur silence, revenu au temps de mon enfance, désigné à nouveau menteur, propulsé derrière le mur immense et sans fenêtres

– Le deuxième Kurosawa est un ami intérieur, m'empressai-je d'ajouter en rougissant.

– On se doute bien qu'un être de chair et d'os ne naît

pas d'un livre, me rétorqua sèchement ma grand-mère, si certaines vies sont des romans, des romans n'enfantent pas des vies. Si je saisis bien, tu ressentais une amitié particulière pour l'un de tes camarades de classe et, lorsqu'il est parti, son autre, sous sa forme adulte, t'est venu par le biais d'un livre qu'il t'avait donné, c'est ça ?

Son autre ? L'idée me scandalisa.

– Il n'est pas son autre ! ai-je cinglé. Ils n'ont pas du tout le même caractère !

– Allons…, tenta d'intervenir Henri.

Elle l'arrêta d'un geste autoritaire.

– Je parle à mon petit-fils.

Mon petit-fils.

Elle avait mis une telle passion dans ces mots.

Alors, je lui contai, comme je pouvais, la crique aux grimoires incrustés d'éclats blancs, les rochers comme des pages, je lui montrai ma pierre en lui narrant sa découverte. Je ne voulais pas parler de mes parents, en revenir à certains épisodes, qu'elle s'apitoie ou fasse un pont entre eux et monsieur Kurosawa.

Elle prit son briquet – un Zippo en métal gris –, la cigarette grésilla, la fumée sortit de ses lèvres fendillées et elle me sourit.

– Un ami intérieur en kimono, des rochers comme des pages, une pierre-esprit gardien de l'inoubliable. Continue.

L'inécoutable trouvait un écho dans ses yeux et je lui décrivais les cheveux raides et noirs de monsieur

Kurosawa, ses danses face à la mer, sa connivence avec Sultan, comme tous deux faisaient la paire, lorsqu'un bruit sur le balconnet m'interrompit.

– Te voilà, Augustin ? lança Henri en ouvrant la fenêtre. Elle est où ta bicyclette ?

Le gamin entra, attrapa de ses doigts sales un quignon de pain et mordit dedans.

– Elle dort, elle est fatiguée.

– Forcément, au train où tu la mènes ! Tu lui as donné à manger au moins ?

– Oui.

– Du foin ?

– Non, de l'essence. On va partir en voyage.

– Ah ? Et où ça ?

– À la mer pour voir Sultan.

Après le départ du petit, j'ai révélé à ma grand-mère et à Henri que mon chien n'était plus de ce monde et je leur ai cité l'exergue de mon livre de contes : « La vie n'est pas grave, la mort n'est pas grave, seuls nos actes nauséabonds sont graves car ils empuantissent l'air jusqu'à la fin des temps. »

Les jours de cocktail à la galerie, mon bureau étant occupé par le matériel du traiteur, je travaillais dans ma chambre ou dans la cuisine en buvant du café. Une matinée, en ajoutant les références des nouveaux articles à la fiche de l'*Orphée* de Maraines, j'ai expliqué à ma grand-mère l'aventure de Courtin en lui montrant les photographies de la crypte, du caveau avec le bronze encore emballé à l'intérieur, de la maison du curé, des lettres.

– Tiens, un Pétain de Bersier ! s'exclama-t-elle en pointant l'index vers l'enveloppe.

– Un quoi, mamie ?

– Ce timbre, là. C'est le maréchal Pétain en 1942 dessiné par le peintre Jean-Eugène Bersier que j'ai connu dans ma jeunesse. Tout en étant dans la Résistance, il avait fait une dizaine de versions du portrait du Maréchal pour les timbres sous l'Occupation, je n'ai jamais compris comment il se débrouillait. Mon père avait toute la collection et clamait que Pétain dépassait Hitler en matière de culte de la personnalité.

– En tout cas, il avait une belle tête le Maréchal, je l'imaginais beaucoup plus vieux en 1941.

– C'était en 1942.

– Non, en 1941, regarde la date du cachet.

Elle s'approcha de l'écran pour mieux voir.

– Très étrange, je t'assure qu'il n'y avait pas de Bersier à un franc cinquante avant 1942. Ça doit pouvoir s'expliquer.

– Sûrement, des choses pareilles ne s'inventent pas.

– Beaucoup de choses s'inventent, ironisa-t-elle en prenant sur une étagère un petit pigeon en bronze.

Elle sortit du placard un paquet de farine, en versa une cuillère dans un bol, la dilua dans de l'eau, y trempa une éponge qu'elle passa sur le volatile. Le temps qu'elle fume une cigarette, le pigeon était sec. On l'aurait dit couvert de poussière.

– Il a moins bonne mine, tu ne trouves pas ? dit-elle en saisissant dans une corbeille un citron à demi pourri qu'elle me montra avec les gestes d'un magicien présentant son haut-de-forme vide à son public avant d'en sortir un lapin, puis elle attrapa dans un tiroir un stick de colle, en tamponna le bronze et gratta dessus les moisissures.

– Les végétaux maintenant !

De la jardinière du petit balconnet, elle détacha avec

un couteau des lichens et des mousses, les recueillit dans sa main et les plaqua sur l'oiseau.

– Voilà !

La transformation était troublante. Le pigeon avait l'air, comme l'*Orphée*, d'avoir passé un demi-siècle dans un sarcophage. Il n'y manquait que les mouches mortes et les crottes de souris.

– Tu crois que Courtin a maquillé l'*Orphée* pour se faire passer pour un héros auprès de la presse ? Tu crois que tout ça, c'est des carabistouilles ?

– Je ne crois rien du tout, je te dis simplement que beaucoup de choses peuvent s'inventer.

Je haussai les épaules.

– Si Courtin avait fabriqué toute cette histoire, il n'aurait pas été trouver un vétérinaire pour lui acheter ce bronze, allons, mamie !

La réponse fusa :

– À moins qu'il n'ait eu besoin d'une preuve de provenance et d'un témoin pour valider le pedigree de l'œuvre. En matière de manipulation d'héritiers vrais ou faux, j'en ai connu des trâlées dans mon métier, et je n'ai jamais vu quiconque débourser une somme conséquente par pure honnêteté.

– Mais, enfin, comment Courtin aurait-il pu prévoir la mort et l'enterrement d'un prêtre, et se trouver sur place au moment où sa maison est vidée ?

– Il aurait pu mentir.

Nous décidâmes d'aller à Maraines le dimanche suivant pour poursuivre cette partie d'échecs, comme nous dîmes.

Échec.

L'avenir fait parfois effraction dans les mots que nous employons.

Nous nous levâmes tôt ce dimanche de la fin octobre qui était un jour d'hypocrisie saisonnière, oscillant d'un quart d'heure à l'autre entre l'été et l'hiver.

Ma grand-mère dirigeait sa petite voiture avec souplesse, précision, rapidité.

– Où as-tu appris à conduire si bien, mamie ?

– Sur le circuit du Mans. J'avais un ami pilote et je faisais tourner des Talbot sur les pistes.

– Tu plaisantes ?

– Non, mais je n'en dirai pas plus car je ne crois pas à la vertu des confidences. Et toi ?

La vertu des confidences ?

Il m'apparut évident qu'entre ma grand-mère et moi ne pouvait se glisser sa liaison avec un pilote de course et que partager ce souvenir aurait enclenché d'autres confessions qui auraient engendré une complicité scabreuse.

Nous avons longuement déambulé dans le petit bourg de Maraines. Elle ne marchait pas vite, elle marchait long, pesamment, comme un navigateur au retour d'un grand voyage, en écartant légèrement les jambes, les pieds un peu à la diagonale des hanches. Moi aussi. Nous étions pareillement chaussés de baskets, étions presque de la même taille – je la surplombais à peine.

Elle levait souvent la tête vers les toits et le ciel, et comme je lui en fis la remarque, elle me dit :

– Petite, en allant à pied à l'école, j'observais les nuages. Je n'y voyais ni dieux, ni monstres, lapins ou ogres, je ne guettais pas le climat ou l'avenir. Je les regardais pour ce qu'ils étaient : des belles masses d'air et d'eau transbahutées par les vents. On m'a appris qu'il existait un mot pour ceux provoqués par les activités humaines : les nuages anthropogéniques. C'est beau ce terme, « nuage anthropogénique ». Il y en a un là. C'est un cirrus.

Cette trace d'avion dans le ciel.

– Je voulais devenir architecte de nuages, ma première création se serait nommée le cumulo-simonus ! s'esclaffa-t-elle. Finalement, je me suis contentée de vivre sous une verrière.

J'essayais de me la représenter jeune. Avait-elle été belle ? Belle comme une fille que les garçons désirent ? Je ne pouvais l'imaginer accouchant, vivant seule avec son bébé, se nourrissant de « rapines immobilières », comme avait dit mon père. Je ne pouvais la penser autrement que comme une merveilleuse compagne ayant été de tous temps là, silencieuse sur les sujets dits sérieux qui m'acculaient à prendre ma place dans le monde.

– Moi, tous les matins en allant à l'école, j'avais les yeux sur les herbes de la dune. Les herbes ne dansent pas de la même façon selon que souffle le mervent, le gwalarn ou le kornog. Pas mal ces noms de vents, tu ne trouves pas ? Je ne crois pas que les humains puissent inventer des vents.

Tout ce que nous taisions se tenait entre nous comme une valse que nous nous refusions de danser. Sa vie d'autrefois, la mienne, mes parents, auraient dérangé notre présent, et seul le présent nous était nécessaire.

À ses côtés, je découvrais la paix. Elle réparait mon orgueil en ne m'imposant pas d'anecdotes sur son passé, en n'enquêtant pas sur le mien et en m'écoutant avec un sérieux infini répondre à son enfance de nuages par mon enfance de vents.

– Oui, c'est magnifique. Comment se comporte le kornog, par exemple ?

Je lui dépeignis le sable brossé à la parallèle de la mer par ce vent d'ouest, les vibrations des volets de ma chambre.

– Il n'est pas un mauvais ami pour les marins, mais les pêcheurs à casiers ne l'aiment pas trop. Ils disent qu'il besogne trop vite l'océan et qu'ils en perdent leurs amers.

– Leurs amers ?

– Leurs repères sur la côte.

– Et quand on a plus d'amers, qu'est-ce qu'on fait ?

J'ignorais où ce terme amer, *à mer, à mère, amertume*, l'avait menée, mais sa mélancolie subite était palpable.

– Quand on a plus d'amers, on est dans les ennuis, mamie, si on est un petit navigateur, mais quand on est un vrai matelot, une personne de grande traversée comme toi, on accoude sa route sur la lune, le soleil et les étoiles.

Son visage s'empourpra et elle me serra contre elle. Le temps que le nuage anthropogénique s'estompe, nous fîmes navire unique, gens de même port, et j'eus la sensation que le chant de notre lignée, ce chant maigre et acide, s'augmentait, s'enflait des notes discrètes du simple, miraculeux, bonheur de vivre et d'aimer, par-delà les accidents et les déchirures.

Nous nous arrêtâmes dans un café-restaurant en face de l'église.

– À quelle heure est la messe ? s'enquit ma grand-mère auprès de la serveuse.

– Il n'y a pas de messe aujourd'hui, madame. Le curé est au Mesnil. Il ne vient ici que tous les quatre dimanches.

– Ah ? On peut visiter l'église tout de même ?

– Elle est ouverte jusqu'à douze heures trente.

– Tant mieux ! Mon neveu nous a dit qu'elle est très belle. Il est venu pour un enterrement il y a quelques semaines. Vous avez dû le croiser, un gros blond, dans les quarante ans, le genre assez voyant.

Son audace me liquéfia.

La femme eut un sourire poli.

– Belle, notre église ? Peut-être, mais les touristes n'y viennent pas. Un enterrement ? Le dernier, c'était celui de l'ancien curé et je n'ai vu que des vieillards au déjeuner.

Nous entrâmes dans cette église. Elle était sinistre : une nef, des bancs vides, un autel en pierre surmonté d'un Christ verdâtre sur sa croix, une luminosité blafarde pénétrant par les vitraux modernes, des dalles usées constellées de taches sombres.

L'accès à la crypte dont avait parlé Courtin se trouvait à la droite de l'autel. Sa grille fermée à clef portait le panneau : « Pour la visite, s'adresser à la sacristie », laquelle sacristie, à deux pas, était un cagibi meublé d'un bureau en bois gris et de deux chaises. Une clef en fer forgé, lourde et ouvragée comme dans les légendes, avec son étiquette en carton ramolli sur laquelle était griffonné « Crypte » gisait sur une pile de livrets.

La grille ouverte, j'ai actionné le commutateur et la lumière a révélé un escalier en colimaçon menant à une salle ronde et basse aux voûtes soutenues par des piliers aux fûts lisses, encombrée de sarcophages vides. C'était un lieu sans âme, dépouillé de ses anciens rites, qu'éclairaient des néons.

Au-delà de nos souffles, du son des frottements de

nos chaussures sur les dalles, s'entendait un bruit ténu et persistant.

– Ce sont des souris, chuchota ma grand-mère.

Nous trouvâmes le caveau d'enfant que Courtin avait pris pour une margelle. Un bas-relief émoussé ornait son flanc, le couvercle brisé gisait à côté, et au fond de la cuve, il y avait un petit morceau de tissu sale de même texture et couleur que le linceul d'*Orphée*.

De retour dans la sacristie, je pris un livret. C'était le programme de messe pour l'ancien curé décédé quelques semaines auparavant. Ma grand-mère le mit dans sa veste puis nous fîmes le tour du village et, dans une rue, nous reconnûmes la maison du prêtre vue sur une photographie du dossier.

Dans un tabac, elle acheta une recharge d'essence pour son Zippo, en remplit le réservoir, accrocha une cigarette à sa bouche, souleva le clapet, gratta la roulette qui envoya une gerbe d'étincelles et, ployant la nuque sur un côté, l'alluma à la flamme bleue. Le clapet se referma avec ce son métallique que j'adorais et elle rejeta la fumée vers le ciel, avec un inexprimable mouvement de la lèvre inférieure. N'ayant pas de place dans ses poches, elle rangea le petit bidon d'essence dans mon sac à dos.

Au bord de la départementale, dans un bistrot avec un menu fixe à dix euros, carafon de vin compris, café en sus, elle interrogea le patron :

– Est-ce qu'il y a un vétérinaire dans le coin ? J'ai

laissé mon chat dans ma voiture. Je crois qu'il a été empoisonné.

– Je vous aurais bien dit de sonner chez Armécourt, mais il est parti en vacances. Allez donc aux urgences vétérinaires du Mesnil, mais je vous préviens, ils ne sont pas très portés sur les animaux domestiques là-bas.

Tout ce qu'avait affirmé François Courtin était vrai.

Le retour vers Paris fut lent, les routes étaient embouteillées. À l'horizon se déployait un magnifique coucher de soleil.

– J'ai bien connu un philatéliste, me dit tranquillement ma grand-mère.

Ce philatéliste habitait à quelques encablures du Panthéon au premier étage d'un immeuble d'autrefois avec un très bel escalier et des lanternes aux verres floutés. L'homme, un géant croulant sous son propre poids, portant un gilet vert bronze sur lequel s'affichaient ses menus, les pieds dans des chaussons d'intérieur en velours râpé, me précéda dans une sorte de palais décati plein de grands lustres perchés haut, envahi de livres et de journaux. Il y en avait partout, le long des murs, sur les tables, débordant de dessous les nappes. Des plantes de toutes tailles, aspects et teintes se tenaient en sentinelles sur des consoles, des colonnes de bouquins ou à même le parquet. Certaines étaient si particulières – l'une était une grande tige au bout de laquelle se balançait une langue violette –, qu'elles en étaient inquiétantes.

Il m'invita à m'asseoir sur un canapé dont les coussins aspiraient les fesses, les cuisses et le bas du dos comme des sables mouvants.

– Quelle est votre question ?

– C'est… à propos d'un timbre représentant Pétain, bégayai-je.

– Un Prost, un Lemagny, un Bersier ? Précisez.

Il m'intimidait tellement que je ne savais plus. J'ouvris mon ordinateur.

– Puis-je vous montrer ce dont il s'agit, monsieur ?

Il lorgna la photographie de l'enveloppe et déclara d'une traite :

– Un Bersier à un franc cinquante avec cette marque postale de 1941 ? Et puis quoi encore ? On ne dépense pas un franc cinquante pour un simple courrier en 1941. Personne ne se questionne sur les prix des choses et les raisons de ces prix. C'est un tort ! Marque en cercle, couronne Pontoise, datation en triangle, deux dents dans la marge gauche de la valeur faciale du timbre débordent sur le cachet, l'encrage sur champ diffère de l'encrage extérieur, celui sur champ est manuel, cette courbe est tremblée, c'est un rien mais c'est là. Et ce n'est pas dû à la fatigue de la postière. On n'y pense jamais à toutes ces femmes qui, en ce temps-là, douze heures par jour, oblitéraient comme des Shadoks. Les gauchères ça se reconnaît. J'ai fréquenté un marcophile qui avait pondu un fascicule sur les gauchères de la poste. Ce n'était pas inintéressant. L'extérieur du cachet est un offset, l'intérieur a été redessiné, c'est un faux, voilà. Alors, bien sûr, le jeune homme n'a pas l'élément matériel avec lui, et il ne sait pas prendre des photos.

Comme avec la police judiciaire, on marche à tâtons et on se coltine du travail d'amateur, seulement s'il veut savoir à quand remonte ce petit montage, il n'y coupera pas à l'élément matériel, le jeune homme.

Il releva la tête.

– Vous avez des cotons-tiges chez vous ?

Courtin s'enthousiasma lorsque, sous prétexte d'améliorer la présentation de la fiche, je lui réclamai le dossier Lévy-Armécourt.

– Ça me fait plaisir que tu sois si exigeant !

Les mains gantées, je plaçai l'enveloppe en face de moi et suivis les ordres du philatéliste : « Posez un double décimètre à la parallèle, placez un objet personnel à côté, ce n'est pas que je doute de votre capacité à prendre correctement les mesures, ni de votre bonne foi, mais il faut être irréfutable. »

Un objet personnel ? Je pris ma pierre-gardien de l'inoubliable. Étrange association que celle-là.

Obéissant à la suite des instructions, après avoir photographié le verso et le recto de l'enveloppe, je sortis une bouteille d'eau de mon sac et mouillai légèrement les extrémités du coton-tige. Précautionneusement, je tapotai l'extérieur du cachet. Le coton resta blanc. Inversant la tige, je renouvelai l'opération sur la marque intérieure. Des particules noires et rouges adhérèrent au coton.

Le soir même, le philatéliste détacha les fibres des tiges et les examina au microscope :

– Cette mise en scène remonte au plus bas à cinq ans, au plus haut à avant-hier. Pas le temps pour un exposé sur les encres chimiques, j'ai mes plantes à arroser et nous ne sommes pas au tribunal. Me croire.

Puis il considéra mes clichés.

– Ce genre de rabat d'enveloppe n'existait pas avant 1946. Dommage, elle est pourtant faite avec un bon appareillage cette embrouille, mais quand on en est à choisir quel cachet serait le plus convaincant, on devrait aussi s'intéresser aux modèles des enveloppes et au prix des timbres, consulter la documentation, interroger un spécialiste, et la dentelure d'un timbre, c'est la base. On aurait pu les maquiller ces dents ou les supprimer pour qu'elles ne chevauchent pas le cachet, ça nous aurait pris vingt secondes, mais on ne l'a pas fait, elle ne nous intéressait pas trop cette enveloppe, c'était du décor, on était un peu pressé, on avait pris de l'assurance, on s'admirait trop. Toujours la même histoire. Ce n'est pas le diable qui se cache dans les détails, c'est l'avachissement. Quand on est neuf, on a peur de tout, on fait attention à tout, on vérifie tout. Et cette ligne tremblée ? La main n'est pas plus attentive que l'œil, pas plus sûre que le cerveau qui pense que tous les Pétain dessinés par Bersier se valent. Un franc cinquante en 1941 ? C'était le prix d'un poulet ! Est-ce qu'on écrit à sa mère pour le prix d'un poulet en pleine disette ? 1942 était une tout autre affaire. Celui qui a fait ça n'est pas plus frais que ma doradille de Nouvelle-Zélande, la fougère sous votre nez, elle ne s'acclimate pas.

D'un pot surgissaient d'affreux tentacules verts.

Il cligna des yeux et indiqua ma pierre sur la photographie.

– Qu'est-ce que c'est que ça ?

– C'est mon objet personnel, vous m'aviez dit de...

– Vous l'avez sur vous ?

Je sortis la pierre de dessous ma chemise.

– Pouvez-vous me la confier un instant ?

Dans la paume de cet homme, mon galet ne se ressemblait plus, et le geste qu'il fit de le caresser du gras du pouce me hérissa.

– D'où vient cet objet ?

– Je l'ai trouvé dans une crique en Bretagne.

Il eut une moue soupçonneuse.

– Étonnant. Connaissez-vous sa fonction ?

– Oui, c'est un esprit-gardien de l'inoubliable, lui répondis-je d'un ton que je voulus rigolard pour couper court à cet interrogatoire.

Il arrondit le dos et, comme une tortue devant une feuille de salade, approcha sa vieille tête de mon visage.

– Voilà qui est inouï. Je ne vous aurais pas cru si savant.

D'une bibliothèque grillagée, il sortit un vieux livre en

papier jauni qui s'intitulait : *Instruments à son dans les périodes gravettienne, mésolithique et Jōmon, tentatives de rapprochement par le professeur Amédée Vilmont de l'Institut, 1863.*

– Vous le lirez à votre heure, vous me le rendrez, et nous discuterons de vos sources. Pour votre enquête, remontez les traces. Ils laissent toujours des traces.

Le premier chapitre du bouquin commençait ainsi :

Mon honorable confrère le professeur Schiel dans son adresse sur les ouvrages protomagdaléniens a magnifiquement démontré par la découverte de micro-gravettes en Italie leurs liens avec le Solutréen, car, en effet, il n'existe pas de rupture lors de l'épisode de Tursac entre le deuxième et le troisième millénaire, mais une véritable continuité démontrant la présence d'une culture protohistorique s'étendant sur toute l'Europe centrale et méridionale.

Chaque phrase était reliée à des notes qui occupaient les trois quarts des pages. Les textes étaient tout aussi décourageants que les croquis de silex. (J'emploie le mot *silex*, mais les légendes indiquaient *pointes, gravettes, fléchettes, burins.*) J'ai tourné les feuilles pour tenter de découvrir quelque chose dont je pourrais discuter avec le philatéliste lorsque je lui retournerais le livre.

La sœur de ma pierre se trouvait au chapitre 22, lequel était consacré à la période Jōmon au Japon. Elle était là, dessinée au-dessus de cette légende : « Souffleur de récitant, croquis du père Giacomo Ruggieri. »

L'accompagnait ce commentaire :

Contrairement aux innombrables instruments à son à trois trous trouvés dans des vestiges d'habitations et ayant probablement servi d'appeaux à oiseaux, les pierres ovales à percement unique sont très rares et, bien qu'elles soient également en jade, ne doivent pas être confondues avec les magatama en forme de haricot ou de griffe d'ours de la période ultérieure.

« Souffleur de récitant » est le terme proposé par le jésuite Giacomo Ruggieri qui, à la fin de la période Sengoku, évoque dans l'un de ses ouvrages la possibilité que ces objets soient liés à des pratiques de mémorisation de récits traditionnels. Il appuie sa thèse sur l'exemple d'un enfant de la région de Kyushu qui, l'oreille collée sur une telle pierre, pouvait réciter des épopées pendant des heures tel le plus grand des rhapsodes. Ainsi que le fait un souffleur au théâtre, l'objet lui soufflait le chant.

Du jade, cet esprit-gardien de l'inoubliable ? Un objet provenant du Japon et un outil de mémorisation ?

J'ai refermé l'ouvrage. J'en avais assez lu.

Comme avait dit le philatéliste, c'était inouï.

Plus tard, ma pierre collée à l'oreille, les yeux fermés, j'ai écouté. Un oiseau lourd sautillait sur le toit, une feuille glissait dans la gouttière, un son atténué de télévision ou de radio provenait de l'immeuble d'en face.

Je n'entendais que le conte de la cour.

Un timbre.

Celui qui doute espionne, se met dans la peau d'un enquêteur. Il ne se lève pas le matin comme tout le monde, ne pose pas ses pieds sur la descente de son lit de la même façon que les autres. Dès l'instant où il bascule ses jambes hors de ses draps, il place ses mains sur ses cuisses, s'y appuie quelques instants, le front alourdi de questions. Lorsqu'il marche, il réfléchit, suppute, croise indices et éléments et devient caméra dès lors qu'il est sur les lieux du crime supposé.

Du fond de ma cave à la galerie, dans l'espoir que surgirait un indice, je notais fébrilement les allées et venues, j'écoutais les pas, les voix.

J'avais revu tous les éléments entourant la réapparition de l'*Orphée* de Maraines : la généalogie de la famille Armécourt, l'adresse du vétérinaire, la date d'enterrement du vieux curé. Tout, hormis le timbre, concordait.

« Remontez les traces. »

J'ai examiné les registres Dupuis. La graphologie

ronde était pleine de tics particuliers. Les accents, qu'ils soient graves, aigus ou circonflexes, étaient des traits impatients presque verticaux, les points sur les i étaient en forme de virgule. Ainsi que me l'avait dit Courtin, on y constatait un goût prononcé pour les abréviations humoristiques, baron devenait *Bon*, sénateur, *Satur*, président *Pdent*, préfet, *Pft*.

Les feuilles cousues entre elles étaient couvertes de ce vernis sentant la cire d'abeille et l'amande.

Comment aurait-il été possible d'imiter le poids du temps qui s'inscrivait sur les pages et les couvertures en cuir décollé, percé de trous de vers par endroits, et sur le grincement des cordelettes usées ? En soufflant dans le petit espace entre les coutures et le dos, je vis des ailes desséchées d'insectes et de la poussière en sortir.

Ma grand-mère m'avait affirmé que tout pouvait s'inventer, mais les limites de l'invention étaient atteintes. Pouvait-on concevoir une personne qui – et par quels moyens ? – aurait fabriqué cette multitude de *traces* ?

Je relus attentivement le texte d'introduction du catalogue de l'exposition où j'avais découvert l'œuvre de Lorme en soulignant ces quelques passages :

Charles-Félix Lorme, né en 1880 à Roubaix, d'un père mineur de fond et d'une mère lavandière, est envoyé à douze ans en apprentissage à la fonderie Curtivier. Il y réalise à dix-huit ans son premier

Orphée… *il fait la connaissance du riche mécène Hector Dupuis… Ce dernier l'expose à Paris… Installé au village de Passy, Lorme vit en compagnie d'une gouvernante et n'y reçoit que son mécène et son fondeur.*

Le 19 mai 1913, la domestique entre dans l'atelier. Tout est ravagé, les argiles, meubles, outils sont en miettes… À la police, la femme déclare : « Je ne sais rien, mais monsieur était aussi fou qu'un fou peut l'être. »

Hector Dupuis quitte la France… après avoir envoyé ses archives et les œuvres de Lorme en sa possession chez sa cousine Amandine Courtin, à Toulouse. Il décède à la Martinique en 1917.

Enfant (avait écrit Courtin), *je jouais dans le grenier de la maison d'Amandine Dupuis, mon arrière-grand-tante toulousaine. Des caisses et des malles s'y trouvaient, mais il m'était interdit de les ouvrir pour ne pas semer de désordre. Mes parents ayant hérité de cette demeure la vendirent après avoir déménagé son contenu dans un garde-meuble qu'il m'a fallu vider après leur décès. J'ai découvert des bronzes, des documents, des monceaux d'archives…*

– Je ne suis jamais allé à Toulouse, c'est une belle ville ? interrogeai-je le galeriste en affichant mon sourire le plus avenant.

– Mieux que ça, mon petit, c'est un endroit qui te forge le cœur.

– Ça a dû être exaltant pour vous de découvrir les archives de Dupuis, les dessins de Lorme et les bronzes.

– Exaltant ?

Il leva les yeux au plafond en se léchant les lèvres, comme s'il fouillait dans sa mémoire, et son expression – mais j'étais si obsédé par l'enquête – me rappela ce reproche que me faisait mademoiselle Micheline-la-Vacharde : « Cesse tes mimiques, Karadec ! La leçon n'est pas écrite au-dessus de ta tête ! L'as-tu apprise, oui ou non ? »

– J'étais fasciné par les caisses qu'il m'était interdit d'ouvrir et dont mes parents ne parlaient jamais autrement que comme d'un foutoir dont ils devraient se débarrasser, poursuivit Courtin. De leur propriétaire, je ne connus d'abord que les initiales HD stencilées sur le bois. J'ignorais qu'il s'agissait d'Hector Dupuis, je pensais que c'était un sigle de mise en garde qui voulait dire : Halte danger.

Il marqua un temps et répéta :

– Halte danger.

Je crus déceler dans ses yeux l'ombre d'une menace.

Dans toutes mes fiches, j'incluais l'unique portrait connu de l'artiste sous lequel se répétait la légende : « Charles-Félix Lorme dans son atelier (source *L'Écho de Paris*, mai 1913). »

L'Écho de Paris existait bel et bien en 1913.

J'ai étudié le portrait.

La chevelure ample et claire en désordre, le visage aux pommettes marquées, les épaules massives, le corps râblé, Lorme avait la silhouette d'un Viking. Debout, il se tournait vers quelque chose ou quelqu'un que l'on ne pouvait voir. Une main était posée à plat sur le haut de la cuisse, l'autre tenait un outil. Son pantalon remontant haut sur le ventre était retenu par des bretelles larges qui sabraient la chemise largement ouverte sur le torse glabre et dont un pan débordait sur une hanche. Les manches au tiers relevées flottaient sur les bras et son cou était enchâssé dans un grand foulard. Derrière lui, se distinguaient un mur en briques, une fenêtre entrouverte sur les branches d'un arbre feuillu et, sur son rebord, un bouquet de pivoines dans un vase.

Son atelier avait été de toute évidence très haut puisqu'on ne pouvait en voir le plafond.

Cette photographie prenait vie. De ce noir et de ce blanc, des gris, de l'infinité des gris surgissait une *réalité*. (J'aimerais connaître le verbe qui exprimerait ce génie propre à l'esprit humain de déduire par le biais de minuscules indices un climat, une époque, des couleurs et des circonstances.)

La légende indiquait que la photographie datait de mai 1913. Puisque le cou de l'artiste était protégé, qu'un manteau se trouvait sur une sellette et qu'une tasse cylindrique en fer était posée sur le poêle, il faisait donc froid. Mais, s'il y avait des pivoines dans un vase et que l'on voyait des feuilles derrière la fenêtre, c'est qu'elle avait dû être prise dans la période des saints de glace.

Les faits s'éclaircissaient.

C'est la mi-mai. Lorme s'est levé à l'aube, a fait chauffer son café, a emporté la tasse dans l'atelier, s'est débarrassé de son paletot. La sellette sur laquelle attend un bloc d'argile est absente de l'image, mais elle est présente dans la main tenant l'outil et le front concentré de l'artiste. Absolument *présente*. Et l'on sait – sait ! – qu'il est en plein travail parce qu'il a essuyé son couteau à de multiples reprises sur son pantalon.

Ces taches.

Une infinité d'autres détails me sautaient aux yeux : un lacet défait, une truelle abandonnée, un seau sur le sol, le manche d'une lavette dépassant de ce seau. Sous la fenêtre – c'était tellement saisissant ! –, des débris avaient été rassemblés par un balai invisible. Des morceaux étaient là ! en tas, là ! Annonciateurs de l'apocalypse. Lorme dans quelques jours allait détruire tout ce que l'on ne voit pas, que l'on ne verra jamais. Et disparaître.

Les brumes s'écartaient. Je voguais en plein Eurêka sur le navire de l'évidence.

J'en tremblais.

Bon sang ! Cette photographie était une félonie, une abominable traîtrise.

Charles-Félix Lorme ne voulait pas se montrer au monde parce que le monde, rendu fou par son génie et sa beauté sauvage, l'aurait déchiré comme les bacchantes avaient déchiré Orphée. Connaissant le destin de Narcisse, il savait le danger d'enracinement qu'il encourrait s'il attisait les désirs. Chaque jour de sa vie, son esprit d'homme se battait avec son instinct de taureau, chaque jour il était le Minotaure.

Lorme formait un tout avec ses œuvres ; son art et sa vie étaient une trilogie, un triumvirat de la difficulté d'être. Du jour où l'on avait volé son image (je voyais bien qu'il ignorait avoir été attrapé dans le piège de l'appareil), et que celle-ci avait été jetée dans l'arène publique – Voyez comme il est appétissant, celui qui fait de si belles choses ! Allez, dévorez-le les lions ! il s'était enfui, avait déserté son existence.

Avait-il attenté à ses jours ? S'était-il réfugié dans un ermitage, embarqué sur un navire pour des terres lointaines ? Il était riche, tout lui était offert, y compris la mort, y compris la guerre.

Je ne pouvais me le représenter en soldat de 1914, dans l'uniforme affreux, buvant de la mauvaise vinasse dans les tranchées pleines de boue, entouré de vivants en sursis, de cadavres en morceaux, mourant de trouille ou mourant tout court d'une balle, d'un obus, du typhus, de gangrène ou sous une avalanche de terre. Je ne l'imaginais qu'en suicidaire sublime et halluciné sur le bord d'une falaise, au bastingage d'un voilier, devant le cratère d'un volcan plein d'une lave incandescente, se murmurant à lui-même, sans larmes ni pathos : « Il est temps de mourir. » Ou roi d'un Hadès de jungle, ou sultan d'un harem abominable. Ou devenu étranger à toute raison. Fou ! lui dont sa gouvernante avait dit : « Il était aussi fou qu'un fou peut l'être. » Puis plus rien.

Pourquoi avait-elle déclaré cela à un obscur reporter ? Déclaré cela, et seulement cela ? Elle aurait pu dire tant d'autres choses comme : Monsieur n'aimait pas les endives, il me réclamait son café à six heures, il ne se lavait pas, il criait la nuit, il dansait nu les nuits de lune.

Lorme n'aurait pas mis ces pivoines dans ce vase pour leur tourner le dos. C'est elle qui avait placé le vase, elle qui avait balayé les débris et laissé en plan la lavette dans le seau.

Je lisais tout, vous dis-je ! J'entendais même les sons autour de l'atelier de Lorme, devinais dans le jardin l'ouvrier travaillant la terre, décidant qu'il attendrait les dernières gelées avant de semer ses légumes et d'ouvrir la serre.

Possédé par ce roman, j'en oubliais l'indice.

Qu'est-ce qu'un timbre en regard de la tragédie d'un homme, de l'épopée d'un génie et de l'immortalité d'une œuvre ?

– Véronique sera absente aujourd'hui, m'annonça François Courtin un matin.

– Elle est malade ?

– Malade ? Véronique n'est jamais malade. Elle est partie à Lyon livrer un tableau.

Le galeriste avait une tête de lendemain de grosse fête, l'œil rouge, la mine verte, l'expression défaite.

– Vous avez l'air un peu fatigué, monsieur.

– Trop bu et le reste. Et toi, ça va ? Elle ne te manque pas trop ta Bretagne ?

C'était la première fois qu'il s'enquérait de mon sort.

– Je vais bien, je vous remercie. La Bretagne, vous savez, en cette saison, ce n'est pas très rigolo.

– Tu t'es fait des amis à Paris ?

– Pas trop, non. C'était comment pour vous quand vous êtes arrivé de Toulouse ?

Il balaya ma question d'un mouvement de main en scrutant la salle d'exposition et s'avança vers un *Narcisse*.

J'aimais particulièrement ce thème chez Lorme, sa façon sournoise de le traiter en apparence de la façon la plus académique qui soit. De loin, on ne voyait qu'un bel éphèbe penché sur l'onde, mais si l'on s'en approchait, on apercevait dans l'eau à peine agitée de vaguelettes une multitude de visages, les uns sous la surface, les autres en émergeant. Tous étaient le reflet de Narcisse, mais aucun ne lui était semblable ou le jumeau d'un autre, et chaque version du thème était un nouveau livre.

Comme Écho, les autres Nymphes qui habitent les monts ou les fontaines éprouvèrent aussi les dédains de Narcisse. Mais enfin l'une d'elles s'écria dans son désespoir : « Que le barbare aime à son tour sans pouvoir être aimé ! » Près de là était une fontaine dont l'eau pure, argentée, n'avait jamais été troublée. Fatigué de la chasse et de la chaleur du jour, Narcisse vint s'y asseoir. Séduit par son image réfléchie dans l'onde, il devient épris de sa propre beauté. Il s'admire, il reste immobile à son aspect. Il admire enfin la beauté qui fait qu'on l'admire. Il est à la fois l'amant et l'objet aimé ; il désire, et il est l'objet qu'il a désiré ; il brûle. Ah ! que d'ardents baisers il imprima sur cette onde trompeuse ! combien de fois vainement il y plongea ses bras croyant saisir son image ! Soulevant sa tête languissante, et tendant les bras, il adresse ces plaintes aux forêts : « Ô vous dont l'ombre fut si souvent favorable aux amants, vîtes-vous un amant plus malheureux que moi ? L'objet que j'aime est près de moi ; je le vois, il me plaît ; et, tant est grande l'erreur qui me séduit, en le voyant je ne puis le trouver. Je brûle pour moi-même. Mais qu'ai-je enfin à demander ? ne suis-je pas le bien que je demande ? Que ne puis-je cesser d'être moi-même ! Peu de jours prolongeront encore ma vie : je la commençais à peine et je meurs dans mon printemps !

Il laisse alors retomber sur le gazon sa tête languissante ; une nuit éternelle couvre ses yeux épris de sa beauté et à sa place les Nymphes ne trouvèrent qu'une fleur d'or...

J'intégrai automatiquement ce texte d'Ovide dans toutes les fiches des *Narcisse*. Dans les premiers temps, il m'avait indifféré – qu'est-ce qu'un poète du Ier siècle de notre ère aurait pu m'apprendre ? Mais j'en vins à m'attacher à cet adolescent refusant l'Éros débridé des nymphes, fuyant la société, sourd aux plaintes de la déesse Écho, hypnotisé par sa propre splendeur. La terrible solitude de cet éphèbe auquel l'onde implacablement étrangère ne parle pas, et celle de Lorme, isolé dans son atelier, me devenaient palpables. Narcisse et Lorme étaient des types *borderline*, des mecs pas très intéressés par leurs camarades humains, des paumés comme je l'avais été, comme je l'étais encore, jamais tout à fait moi-même, jamais tout à fait un autre. Les passions qui les entouraient, les désirs que l'on avait d'eux, en avaient fait d'authentiques névrosés parce qu'*eux* n'étaient qu'*eux* sous leur peau trop belle.

Narcisse s'était abandonné face à l'eau cruelle qui, comme son âme, ne cessait de changer sous le souffle du vent, les lueurs du soleil, les nuages, la couleur du ciel. Les désirs que des inconnus avaient de consommer son corps en avaient fait une plante. Une ombre.

No one but a shadow.

J'imaginais l'effroi de Lorme en ouvrant le journal. En s'y voyant. Il savait ce qui l'attendait, le pauvre, et n'ayant pas, comme moi, une grand-mère vigilante et affectueuse, ne se réclamant d'aucune souffrance et ne revendiquant rien, il avait, c'était logique, fichu le camp.

J'ai tourné autour de ce bronze aux extraordinaires patines. Lorme était un coloriste absolu et de l'absolu, qui, j'en étais persuadé, avait constamment à l'esprit les sons, la position du soleil, la saison, les ombres projetées des arbres, des arbustes, les réverbérations de l'onde. Il ne cherchait pas à les représenter mais à en montrer l'importance sur son double Narcisse, à nous faire saisir ce qu'ils exerçaient sur son âme. Et cela était pour moi très poignant et très énigmatique parce qu'au bout du compte, je ne savais plus si les coupables de l'enracinement de l'éphèbe sur la rive étaient les hommes, les dieux ou la nature. Serais-je le même, m'interrogeais-je, si je n'avais pas vécu face à la mer ?

Courtin me désigna d'un index nerveux, un rien hystérique, la couche de poussière sur l'œuvre. Il prit dans un placard un petit plumeau de duvet gris à manche d'ivoire. Dans la main lourde, cet objet délicat agité sur la surface du bronze prenait l'allure sacrificielle, obscène, d'une fillette-ballerine tombée d'un nid et à qui une chorégraphie perverse est imposée.

– Je ne supporte pas la saleté. On n'est pas chez un broc, putain ! Tu as vu comment faire. J'ai un rendez-vous. Si un client téléphone et qu'il a des questions, dis-lui de m'appeler sur mon portable.

Son manteau sur les épaules, dans la lumière blanche de la rue, il tangua sur le trottoir à la façon d'une barque dans une forte houle. Je l'ai suivi du regard, comme je l'avais fait pour les estivants avinés dans notre baie en Bretagne, avec cette prière intérieure : « Faites qu'il ne se plante pas sur les roches. »

Resté seul dans la galerie, j'ai poursuivi sa tâche. La préciosité, la légèreté du plumeau ne se mariait pas avec ma main, l'outil heurtait ma virilité, agaçait mes vingt ans. Conscient des caméras sur moi, je m'attelais au mieux à ce travail. À chaque geste, un détail me surprenait et me menait vers des abîmes de réflexion. Comment l'artiste nous montrait-il que Narcisse était plongé dans un tourment intérieur ? Seuls son cou ployé et un pli sur le front indiquaient son désarroi, sa solitude. Ses yeux étaient vides – tous les yeux des humains, êtres hybrides, animaux chez Lorme, étaient vides –, mais dans ce vide-là qui n'était pas le même que celui du Minotaure, si empreint de démence, ou celui inspiré, étoilé, d'Orphée, on pouvait lire l'essence du désespoir de l'adolescent.

« Toi qui attrapes en moi, depuis toujours, les poissons qu'il te faut pour te nourrir, à quoi te servirait de connaître ma source ? » demande le génie de la rivière dans mon livre de contes japonais à un vieux pêcheur qui, à l'heure de sa mort, souhaite découvrir où naissent les flots sur la rive desquels il a toujours vécu.

Peut-être aurais-je dû me contenter des récits que contenaient les orbites creuses des figures, mais la galerie n'était pas un temple, aucun *génie* n'occupait ce lieu sous surveillance, aux lumières parfaitement orientées, au parquet brillant, derrière cette vitre si propre où étincelait le sigle FC en lettres d'or.

L'*Orphée* retrouvé à Maraines, magnifiquement restauré, occupait le centre de la salle. Il me semblait porteur d'une maladie contagieuse et je retardais le moment où je devrais m'en approcher.

Le facteur arriva vers midi.

– Elle n'est pas là, mademoiselle de Mont ? se désola-t-il en me tendant une grosse pile d'enveloppes et de catalogues. Ça m'embête, j'ai un recommandé. Et monsieur Courtin, il n'est pas là non plus ? Vous avez le tampon de la galerie ? Mais si, vous l'avez ! Tiroir de gauche ! Fermé à clef ? Les impôts attendront, mais ça m'en aurait fait un de moins.

Pris de zèle, je triai le courrier qui venait d'Italie, d'Allemagne, d'Angleterre, des États-Unis et de la

France entière, empilai les catalogues, revues, journaux, lettres par ordre de taille, soucieux d'en faire une pile esthétique. Véronique n'agissait pas ainsi, elle attrapait un coupe-papier en forme de poignard, en éventrait les enveloppes, envoyait valser les publicités ou les catalogues inutiles dans la poubelle.

Partie pour vingt-quatre heures, elle n'avait rien laissé derrière elle. Pas un crayon, pas un objet personnel comme on en voit dans tous les bureaux – une carte postale, une photo, un souvenir de voyage, un fétiche. Il fallait un *œil de lynx* pour remarquer un cheveu blond sur le cuir blanc de la chaise et, sur le tapis de sisal, les marques de ses talons.

(En cherchant l'origine de l'expression *œil de lynx*, j'ai découvert que, par un glissement de langage, *lynx* a remplacé *Lyncée*, qui est le nom du pilote du navire *Argo*, celui sur lequel s'était embarqué Jason pour conquérir la Toison d'or. Le regard infaillible de Lyncée était tellement perçant qu'il pouvait voir à travers les nuages et les murs, ce qui n'est pas du tout le cas du lynx, animal assez myope.)

« C'est Personne ! » avait hurlé Polyphème à ses congénères cyclopes, son œil unique dégoulinant de sang, tandis qu'Ulysse et ses gars fuyaient à rames abattues sur l'onde furieuse.

Personne.

Véronique avait été là à parler en anglais dans son

portable, à me toiser comme une misérable crotte, à m'insulter.

D'elle ne restaient que les fantômes de ses talons et de sa chevelure.

Je repris le plumeau.

Que tout soit net pour le retour de Courtin !

Quand il ne resta que l'*Orphée* de Maraines à épousseter, je m'en approchai, scrutant toutes ses parties en me remémorant son état de macchabée avant la restauration.

Sur la base, à l'endroit de la signature de l'artiste, je repérai une boulette noire, minuscule, qui me fit absurdement penser à une larme d'escargot. Croyant à un amas de poussière, j'agitai les plumes dessus. Sans résultat. Instinctivement, je m'accroupis pour la renifler.

Il arrive que les nez s'égarent tant le souvenir des odeurs anciennes leur stagne dans les narines. Combien de fois, depuis que je vivais chez ma grand-mère, m'était-il arrivé de sentir en pleine nuit les pins de la lande, la décomposition des algues, les effluves des lessives de ma mère, l'haleine de mon chien, les relents d'asphalte de l'enduit avec lequel mon frère et moi calfations la coque de mon bateau ? « Il fera beau jeu après tout ça que le sel et l'eau s'y mettent », se réjouissait Gaétan.

Une larme d'escargot.

Loin, très loin, dans un autre temps, et tout près,

cette fragrance douçâtre, désagréable. Les turbines de ma mémoire en marche.

Du cirage. Cette odeur était celle du cirage en boîte qu'utilisait chaque matin mon père. Il posait ses souliers à semelles épaisses sur un journal à quelques centimètres de mon bol et, méticuleusement, l'index à l'intérieur d'un chiffon pelucheux, attrapait la pâte noire, malaxait le cuir en gâchant mes aurores avec ses sentences : « C'est à la chaussure qu'on reconnaît l'homme » ; « Il faut partir du bon pied », etc. Si j'avais le malheur de lui faire remarquer la mauvaise qualité de mes propres godasses, il m'assenait qu'à mon âge, il portait des sabots.

J'ai posé un doigt sur la larme pour en palper la texture. Elle était molle. Me rappelant la caméra au-dessus de moi, je me suis éloigné. J'étais sur une scène, jouant le rôle du larbin et, au cas où quelqu'un visionnerait ces images, je ne devais pas rester planté là comme un orant en prière devant l'effigie d'une Vierge miraculeuse dont l'imposture lui aurait été soudainement révélée, tandis que les membres d'un conclave l'observaient, dagues planquées sous leurs soutanes.

À la manière d'un metteur en scène, je me donnais à moi-même des ordres : ta suspicion ne doit pas se deviner, poursuis ton travail comme si de rien n'était, et, puisque tu penses que l'on ne te voit pas, gratte-toi la fesse ou ronge-toi un ongle.

Entre deux coups de téléphone, j'ai poursuivi mon

ménage de fourmi en réfléchissant à cette substance, à ce qu'elle révélait. Je mettais en ligne les options. Si le bronze était authentique, s'il n'avait été que restauré, pourquoi maquiller ainsi la signature ? Si le bronze avait été fabriqué récemment, c'était par un faussaire remarquable – les patines étaient tellement *lormeliennes* : ces nuances, ces subtilités. En cas d'enquête, la signature aurait été le premier élément vers lequel un expert se serait penché.

L'erreur était plus lourde encore que celle du timbre Pétain.

Courtin revint rasé de près, la peau hâlée, les cheveux légèrement plus blonds, les sourcils brossés avec, en leur mitan, à la place de la ride qui s'y trouvait, une petite bosse maquillée de fond de teint.

L'air tout à la fois plus jeune et plus hébété, il considéra la salle d'un air satisfait.

– C'est propre, c'est bien. Des appels ?

Je lui tendis le papier sur lequel j'avais écrit les noms.

Barbe Bleue, c'est au conte de Barbe Bleue que j'ai pensé, paniqué, en apercevant la trace noire qu'avait laissée mon doigt sali par le cirage sur un coin de la feuille ; à la pauvre fille qui avait enfreint l'interdiction d'entrer dans la chambre interdite ; à la tache de sang sur la clef ; à son « Anne, ma sœur Anne, ne vois-tu rien venir ? ».

Dehors, un camion de livraison bloquait la rue et les voitures klaxonnaient.

– C'est quand même incroyable ce que les gens dans cette ville peuvent être nerveux et agressifs ! m'écriai-je pour faire diversion. Mais avec tout ce qui se passe, c'est normal ! Juste avant que vous arriviez, un type louche a voulu entrer dans la galerie.

– Ah bon ? Qu'est-ce qu'il voulait ?

– Il vendait des bibles. Je ne lui ai pas ouvert. Oh ! j'ai l'impression que ça chauffe dehors !

Le galeriste s'approcha de la vitre, j'en profitai pour mettre mon doigt dans la bouche et le nettoyer frénétiquement avec mes dents et ma langue.

– Non, rassure-toi, ça va, c'est Paris, tu t'habitueras, me dit-il en prenant la liste.

– Madame Mouriaux a insisté pour que vous la rappeliez avant quinze heures.

– Je sais, elle m'a laissé trois messages sur mon portable. Elle est crasseuse cette feuille ! C'est cette fichue pâte soi-disant à faire briller dont s'est servie cette conne de Véronique sur la base de l'*Orphée*. Mademoiselle n'était pas contente du boulot du restaurateur, et maintenant il y en a partout !

Il déchira le papier, le jeta dans la poubelle et me dit, soudainement soucieux :

– Tu es pâlot, toi. Ça va ?

Mon père recommandait à mes maîtresses d'école de ne pas s'affoler de mes pâleurs subites – « Ce n'est pas un malaise mais une filouterie qu'elles cachent, ne le plaignez pas, vous ne feriez qu'encourager ses mensonges ».

Il connaissait, les orchestrant, mes partitions par cœur.

– Je vais très bien, je vous remercie, monsieur. C'est juste que je me réveille un peu tôt en ce moment pour m'occuper de ma grand-mère qui s'est cassé le col du fémur et que je n'ai pas eu le temps de prendre un petit déjeuner.

Il se décomposa.

– Mais enfin, mon garçon, il fallait me le dire ! Je ne suis pas une brute !

Quelques instants plus tard, j'étais dans une brasserie élégante, face à Courtin qui avait commandé pour lui une bouteille de chablis et de la choucroute, pour moi un jus de carottes et une entrecôte-frites, et qui me tendait du pain beurré en m'enjoignant : « Mange, bon Dieu ! »

Il insista pour qu'un habitué au ventre ballonné de phoque m'examine le fond de l'œil et prenne mon pouls.

– Il est trop maigre, ton jules, fais-le bouffer ! rigola l'homme.

J'étais vexé et furieux.

Autour du galeriste s'agitait un ballet de gens, l'un voulait savoir ce qu'il pensait d'un scandale à New York, l'autre faisait des commentaires sur un discours de Chirac, le troisième lui parlait d'un tableau qu'il venait d'acquérir. Il ordonna au serveur de m'apporter une tarte Tatin avec beaucoup de crème tout en faisant signe à un couple de nous rejoindre.

En sortant du restaurant, il posa une main sur mon avant-bras et me souffla dans le nez :

– Ne t'en fais pas, tu n'es pas mon genre.

Son haleine était lourde et, en le voyant traverser le boulevard Saint-Germain, titubant – dansant ! – entre les voitures, je repensai à nouveau à ces fous, ces estivants, qui avaient pris la mer sans rien savoir du vent, des rochers, du froid.

J'eus envie de courir, d'attraper son bras pour le forcer à se mettre à l'abri de cette houle de véhicules et le remercier de sa générosité. Mais je ne pouvais pas. J'étais trop fruste, trop plein de réticences. Pour moi, un homme qui s'intéressait aux hommes et claquait cent euros pour un repas – j'avais vu les billets sur la nappe – était un crache-à-la-lune et un pédé.

La demeure de mamie était silencieuse à mon retour. J'ai empilé du petit bois dans la cheminée de la cuisine, sorti la vaisselle de la machine, épluché des pommes de terre.

J'aimais faire cela, parmi les objets de ma grand-mère, dans son odeur de tabac et de muguet, l'attendre en préparant le repas, en guettant dans la cour le petit Augustin, le son de la porte d'entrée, le bruit des pas, du trousseau de clefs. En entrant dans la cuisine, elle me félicitait : « Tu as encore tout fait ! » en s'emparant d'épices et d'ingrédients qui transformaient mes misérables tentatives en un festin.

Mais pas ce soir-là. Ce soir-là, j'aurais voulu être avec monsieur Kurosawa. Revenir à cette enfance, à ce rêve. Ou sauter d'un bond dans la peau de quelqu'un d'autre. D'un qui aurait vécu. Qui aurait mâché, digéré le monde. D'un qui en aurait ri ! Qui d'un mouvement d'épaule se serait débarrassé de cette cape lourde qui me pesait sur les épaules. En aurait fait des miettes pour les poissons. D'un qui aurait su tellement mais tellement de choses que plus rien ne lui aurait été surprise ou étrangeté. D'un qui se serait extirpé de sa fange, aurait toisé la Terre du haut des étoiles et s'en serait mis plein la panse des navigations des hommes vers la mort, l'amour ou la démence.

Je me reprochais d'avoir eu peur au point de me prendre pour la future victime d'un Barbe Bleue pour une petite tache de cirage, d'avoir menti à Courtin, de mon dégoût à son égard. Ma posture de sauveteur de naufragé, mes faiblesses mentales et morales m'affligeaient au point que je critiquais jusqu'à ma façon d'éplucher les pommes de terre. J'étais trop lent, trop impatient, je laissais des morceaux de peau.

Ma grand-mère pénétra en trombe dans la pièce, resta un instant figée sur le seuil et se précipita vers le gaz qu'elle éteignit.

– Tu ne sens pas que tes patates brûlent ? Ce n'est pas grave, il y a des lasagnes.

Il y eut un son de grattement. Augustin, le gamin au vélo, écrasait sa bouille sur la vitre.

– Ce gosse ! s'agaça-t-elle. Va donc lui dire de rentrer chez lui et, s'il te plaît, préviens Henri que je suis rentrée.

Je sortis dans la cour à l'odeur d'autrefois. J'écris « à l'odeur d'autrefois », car dans cet endroit l'air ne circulait pas comme dans la ville. Le mélange des effluves de repas, de feuilles pourrissantes et la senteur des pavés avaient un arôme moyenâgeux, hors du temps.

Derrière leurs fenêtres, la mère d'Augustin cuisinait, Henri, sous une lampe, lisait, ma grand-mère téléphonait.

– Mon vélo est crevé ! gémit le gamin, et y a personne.

– Il va se reposer, je te le réparerai dimanche. Viens, maintenant.

Nous franchîmes, sa main dans la mienne, le perron de l'immeuble d'en face. Dans un couloir étroit comme un bras, au sol de tomettes, une ampoule grésillait au-dessus de nos têtes.

Le garçonnet ouvrit une porte en appelant :

– Maman !

La persienne haute vue de la cour m'avait fait imaginer un appartement vaste, or il n'y avait là qu'une seule pièce servant de chambre, de salon et de cuisine. Entre deux lits se trouvaient un bureau couvert de manuels et cahiers scolaires, une table basse et un séchoir sur lequel des serviettes s'accumulaient. Dans le fond, au-dessus d'un ovale en faïence indiquant « WC », était écrit : « Je voudrais changer les couleurs du temps. »

La mère d'Augustin me lança un sourire fatigué.

En ressortant, après avoir longé le mur extérieur, je frappai aux carreaux d'Henri qui se leva et cria gaiement :

– C'est toi, Simone ?

Il portait un pull-over mauve à motifs de pâquerettes d'une laideur époustouflante. On aurait dit un gros lutin.

De ce court voyage de sa fenêtre à celle de ma grand-mère, il connaissait tous les obstacles, les racines du hêtre, les décrochements des pavés, et il lui était facile d'enjamber les jardinières. Dans la cuisine, il sortit du four la barquette de lasagnes, coupa le pain, ouvrit une bouteille de vin, alluma les bougies en bavardant joyeusement :

– Simone, tu ne trouves pas qu'Augustin a drôlement grandi ? J'ai envie de lui acheter une nouvelle bécane pour Noël, qu'est-ce que tu en dis ?

– En faisant croire à sa mère que c'est un rebut qui vient de l'un de tes neveux, comme la précédente ? Il ne va pas rester toute sa vie tout seul dans la cour, ce gamin. L'année prochaine, il entre en grande section, tous les gosses ont des trottinettes. C'est ça qui lui faudrait : une trottinette. Pour être comme les autres, pour se faire des copains, sinon il se croira courpourivié.

– Courpourivié ? m'étonnai-je.

Ma grand-mère se tourna vers moi.

– Quand ta mère était petite, si on disait d'un enfant qu'il était courpourivié, c'était parce qu'il n'avait pas d'amis, qu'il passait son temps à tourner en rond autour de l'arbre. La *cour* était devenue sa *vie* et sa vie était *pourrie*. Les mots se sont amalgamés.

Elle évoqua une époque où une petite population

de filles-mères s'était réfugiée ici dans l'immeuble d'en face, parla de descentes de police, de femmes qui n'envoyaient pas leurs bambins à l'école par peur qu'ils ne terminent à l'orphelinat.

Je ne l'écoutais qu'à demi.

Son temps à tourner en rond autour de l'arbre.

L'impact de ces mots.

Ça bourdonnait en moi. *Son temps à tourner en rond autour de l'arbre.* Un mauvais bourdonnement. Je me forçai à manger mais la nourriture n'avait pas de goût. Épouvanté par ce qui montait en moi qui me croyais guéri des attaques du fantôme, je bus verre de vin après verre de vin.

Elle me houspilla :

– Tu bois trop ce soir, Tristan !

J'étais saoul et triste en regagnant ma chambre.

À vingt ans, je m'endormais en quelques secondes. La tête sur l'oreiller, je sombrais dans le sommeil. S'il me venait un mauvais songe, je m'en extirpais et, les yeux grands ouverts dans la pénombre, je me le remémorais pour être sûr qu'il n'avait rien à voir avec la réalité, comme Donnadieu me l'avait enseigné. Puis je me rendormais, serein.

Ce soir là, je me suis déshabillé en laissant mes vêtements en vrac sur le sol, j'ai uriné à côté de la lunette, je me suis affalé dans mon lit, nauséeux, et j'ai rêvé d'un être hybride, un peu homme, un peu pieuvre, un peu algue, qui changeait constamment de forme. Le cauchemar était atroce, la créature puante me guettait, s'allongeait sur mon visage pour me faire suffoquer avant de me dévorer. Je me défendais et, pour tenter de l'amadouer, je la nourrissais de morceaux du corps de monsieur Kurosawa que j'extirpais de mes oreilles, mais la source se tarissait et c'était du sable qui s'écoulait de mes lobes.

Je me suis réveillé en sursaut, le cœur tambourinant, et j'ai allumé la lampe. Mon lit était dévasté, ma bouteille d'eau s'était renversée sur mon drap en boule sur le plancher.

La créature était là, invisible, mais là, absolument vivante sur ma peau, dans ma poitrine, mon ventre, mon crâne. Je sentais sa puanteur acide, ammoniaquée. Impossible de contrôler mon cerveau. Une partie de moi savait que l'odeur venait de la salle de bains, que je subissais l'attaque du fantôme, me suppliait de calmer le jeu, l'autre m'attirait vers la fenêtre. Il lui fallait de l'air, partir dans la nuit. J'ai secoué dehors mes cheveux pour les débarrasser du sable qui les encombrait.

Mais quel sable ?

L'abomination de cette heure.

Dans la cour, le vent jouait avec une écuelle en fer sur les pavés et le son de cette écuelle se baladant m'a renvoyé le souvenir de Sultan. Au-delà, se distinguaient des bruits de moteurs de voiture, klaxons, claquements de portières. Il y a eu une bourrasque que j'ai reconnue être de la famille du mervent à sa façon d'agiter la cime, comme on rudoie un gosse. La porte de la cahute des poubelles a grincé.

Tout a vacillé.

– Je vais t'apprendre à mouiller ton lit ! a hurlé la voix.

Dans une fulgurance de mémoire, je me suis vu tout petit pleurant dans mon lit, jeté hors de ma chambre, traîné par les pieds sur la plage, et mon père me plaquer sur le corps et le visage mon drap trempé d'urine, me forcer à l'aide d'une baguette dont il me cinglait les jambes à tourner en rond autour de l'arbre en beuglant : « Je vais t'apprendre à mouiller ton lit ! », avant de m'enfermer dans la cabane du jardin. Gelé, bavant de terreur, je suppliais la Nuit de prévenir mon frère, et celui-ci venait, me libérait, me nettoyait et me mettait dans son propre lit.

J'ai vomi dans la gouttière.

J'avais compris.

Le fantôme, c'était moi.

Je m'épargne d'écrire l'inventaire des pensées et moments qui succédèrent à cette découverte pour ne pas en ranimer l'humeur – on n'est jamais à l'abri des crevasses de son passé, n'est-ce pas ? –, et puis, comme on dit, l'âme a ses fragilités.

Le lendemain, je me suis réveillé vers onze heures, boueux. Sous la douche, mes mains ne savaient plus où était le savon. Où est le savon ? J'habite bien ici, pourtant ! Le savon, je le cherchais ailleurs, mais dans quel ailleurs ? Cette envie de ciseaux, de me couper les cheveux. Je me suis souvenu de papa m'affirmant que l'urine teignait les cheveux en vert et de monsieur Kurosawa qui, dans ses moments de grande détresse, se tailladait des mèches et les jetait dans les vagues. Assis sur mon lit, épuisé, j'ai enfilé des chaussettes, un pantalon, une chemise. Ils sentaient l'urine.

Mes narines n'en démordaient pas de cette puanteur. J'ai collé ma pierre contre mon nez en me forçant à penser à l'odeur de la mer, et je me suis recouché tout habillé.

– Il est quinze heures, Tristan, réveille-toi ! m'a secoué ma grand-mère. Monsieur Courtin a téléphoné, très inquiet. Je lui ai dit que tu avais été malade cette nuit. Il a bien vu que tu couvais quelque chose hier et il regrette de t'avoir gavé comme il l'a fait.

Je me suis redressé sur les coudes, complètement dans le brouillard. Elle me tendait un jus de fruits.

– Il s'est aimablement enquis de mon opération, mais comme je ne savais pas de quoi il parlait, je lui ai dit : « Il y a des complications, ce n'est pas facile, mais je vous remercie de votre sollicitude. » J'ai été opérée de quoi, Tristan ?

– Du col du fémur, mamie.

– J'aurais préféré le cœur.

Le bronze sur lequel Courtin m'ordonna de faire des recherches la semaine suivante avait été acheté, selon le registre Dupuis, par un certain Charles Morloix en 1905. Il était de la série « Naissance du Minotaure », dont une version était exposée à la galerie.

Un nourrisson au corps emmailloté, à tête de jeune taureau aux minuscules cornes, se tient à quatre pattes sur un lit de feuilles dans lesquelles grouillent des lapins, des papillons, des hérissons, toute une faune que l'on dirait issue d'*Alice au pays des merveilles*, et il est impossible de savoir si le monstrueux bébé les contemple en toute innocence ou s'il s'apprête à les dévorer.

« Les poètes ne disparaissent pas, ils se métamorphosent », avait dit ma grand-mère. Instinctivement, je remplaçais le mot « poète » par celui d'« enfant », car, selon moi, Lorme à tous les stades de sa vie d'artiste avait réussi cet extraordinaire exploit de faire perdurer l'enfance en lui. L'enfance qui se donne des oreilles de félin, se prend pour une lyre, découvre des royaumes sublimes dans une acanthe ; l'enfance qui n'est la dupe d'aucun visible, qui repère dans l'ombre l'ogre, reconnaît dans l'œil d'un lapin le génie qui s'y loge. Qui rencontre un monsieur Kurosawa.

Lorme jouait, comme toujours, avec ses miraculeuses patines et jonglait avec les formes. C'était beau, drôle, mais plus effrayant que les séries postérieures : le Minotaure avec sa mère Pasiphaé, le Minotaure amoureux, le Minotaure et Thésée. Pourtant, ce nouveau-né, aussi horrible soit-il, me touchait. « Je voudrais bien prendre cette boule d'épines. Comme elle est belle cette feuille », semblait-il se dire. On sentait que Lorme avait de l'amitié et de la compassion pour ce pauvre être, fruit des folies des dieux et des passions humaines, vivant en toute innocence ses derniers instants de liberté avant d'être enfermé dans le labyrinthe.

Poséidon, furieux que Minos ne lui ait pas sacrifié le taureau, fit en sorte que Pasiphaé tombe amoureuse de l'animal. La jeune femme, donc, amoureuse du taureau, trouva un allié en Dédale, l'architecte qui construisit une vache de bois montée sur des roulettes ; l'intérieur était creux, et elle était recouverte d'une peau de bovidé ; il la mit dans le pré où le taureau avait l'habitude de paître, et Pasiphaé y entra. Quand le taureau s'en approcha, il la monta, comme s'il s'agissait d'une vraie vache. Ainsi la jeune femme mit au monde Astérion, dit le Minotaure : il avait la tête d'un taureau et le corps d'un homme. Minos, suivant les conseils de certains oracles, le tint reclus dans le labyrinthe construit par Dédale ; avec son grouillement de méandres, il lui était impossible de trouver la sortie.

En lisant ce texte d'Apollodore, je m'étonnais que Pasiphaé ait prénommé Astérion cet extravagant fruit de ses entrailles. Puisqu'elle l'avait prénommé, c'est qu'elle reconnaissait son existence. Ne pouvait-elle donc le préserver du labyrinthe ? Quel crime avait-il commis pour être ainsi puni ? Et s'il était coupable, pourquoi ne pas l'avoir tué dès sa naissance plutôt que d'en faire un désorienté à jamais ? Astérion signifie « petite étoile ». Une étoile, aussi minime soit-elle, est sur la carte du ciel. Aimé et laissé libre, peut-être aurait-il pu devenir un être céleste, un guide ?

Le galeriste, ma fiche en main, fronça les sourcils.

– Dans la correspondance, il y a une lettre écrite en 1912 ou 1913 par un Renaldo ou Arnaldo au sujet de ce *Minotaure* et de Morloix. Tâche de me retrouver ça.

Je trouvai rapidement dans la boîte un bristol en papier épais, bleu, grisé par le temps, signé par un dénommé Renaldo Colomba, comte de Giova, et sur lequel je lus ceci :

Château de Belmont, Caen, 7 juin 1912

Cher monsieur Lorme,
Cher maître,

Hélas ! Mon cousin Charles Morloix n'est plus. Sans héritiers, il m'a confié ses biens et me voici vivant, pour ma consolation et ma joie, à Belmont, avec votre Minotaure. *J'en perçois l'essence mêlant la Grèce, votre âme de poète, de magicien, la force de vos mains.*

Recevez-moi, par pitié, en prince soucieux des mendiants de son royaume.

Votre, à jamais, à toujours,

Renaldo Colomba, comte de Giova

Je ne me souvenais pas d'avoir lu les phrases de ce ridicule flagorneur.

Courtin, à qui je remis la carte, la manipula, étonné et ravi.

– Renaldo Colomba, comte de Giova à Belmont ? Formidable !

À son arrivée dans la cave, monsieur Loiseau me dit en retirant son blouson :

– Vous avez l'air contrarié, Tristan, quelque chose ne va pas ?

L'unique raison qui me retint de lui confesser mes

doutes fut le son des talons de Véronique au-dessus. Je fis un geste vers le plafond en grimaçant.

Il opina :

– J'ai bien remarqué qu'elle n'est pas toujours aimable avec vous, mais elle est bonne fille dans le fond.

À l'heure du déjeuner, dans le jardin du Luxembourg, assis sur un banc, j'ai fait défiler la correspondance sur mon ordinateur. Une bise glaciale soufflait, je réchauffais l'une après l'autre mes mains sous mes aisselles. Une jeune femme promenant un chien se faisait enguirlander par un gardien. Une pie tentait de percer une noix. D'où venait-elle cette noix ? Un clochard poussait devant lui un chariot de supermarché plein de choses et s'arrêtait devant les poubelles en fer pour en extraire d'autres choses.

Tous les prétextes m'étaient bons pour ne pas revenir à ce fait : deux mois auparavant, la missive du sirupeux Renaldo n'était pas dans les archives.

Elle n'y était pas ! Et j'en étais d'autant plus sûr que ce papier bleu était l'unique de son genre et que, du jour où un ophtalmologue m'avait, par erreur, déclaré à douze ans atteint de daltonisme, chaque fois que j'apercevais du bleu ou du vert, je me revoyais interrogeant mes camarades de classe :

– C'est bien bleu, ça ? C'est bien vert, ça ?

Et qu'ils rigolaient :

– Pas du tout, c'est rose comme la mer.

Le bleu était une couleur qui ne pouvait pas m'échapper.

J'ai pensé à Hitchcock sans me rappeler un film précis.

L'heure tournait, je devais retourner à mon travail. J'ai avalé au coin de deux rues un sandwich, puis je me suis essuyé les doigts sur une serviette en papier si fine qu'elle s'est délitée. Derrière la vitre, la galerie ne m'apparaissait plus comme un aquarium mais comme une scène sur laquelle se déroulait un étrange spectacle de marionnettes.

Une main s'est posée sur mon épaule.

– Putain, j'ai trop bouffé !

Courtin empestait l'alcool. Il a braillé en ouvrant la porte :

– J'irai revoir ma Normandie ! C'est le pays qui m'a donné le jour ! J'irai revoir ma Normandie ! C'est le pays de mes amours !

Il chantait faux, sa voix était celle d'un soudard.

Le scénario de l'*Orphée* de Maraines se reproduisit. François Courtin s'enferma dans son bureau, disparut quelques jours, gara sa voiture devant la galerie un matin, et j'en sortis un *Minotaure* couvert de poussière, une araignée morte logée dans son mufle.

Le galeriste avait fait des recherches sur les familles Morloix et Colomba de Giova, découvert que le château familial Belmont qui se trouvait à quelques kilomètres de Caen avait été détruit lors des bombardements de 1944, et il ne s'en était pas tenu là, car « un véritable enquêteur n'abandonne jamais ! ».

Il me montra les photocopies d'un vieil exemplaire de *Visions du monde* datant de 1938, sorte de revue mondaine avec belles dames, grandes maisons et événements sociaux. Sur une page, trois femmes en chapeau devisaient dans des fauteuils modernistes au-dessus de la mention : « La baronne Amédée d'Artimon, la comtesse Charles des Réaux, Madame la préfète Henri Ruaud dans le salon du château de Belmont. »

À l'arrière-plan, une forme était posée sur une console dans une demi-pénombre.

C'était indubitablement la silhouette du nourrisson Minotaure avec ses cornes naissantes, son mufle tourné vers l'herbe et son corps de bébé.

– Quand j'ai vu ça, je n'ai pas réfléchi, je suis parti en Normandie. Au Mémorial de Caen, j'ai interrogé une archiviste qui a extirpé des microfiches sur les monuments détruits dans la région. Belmont en 1945, c'était un tas de pierres, de poutres, de marbres brisés, de fragments de meubles. « Les ruines des grands châteaux de la région n'ont pas été perdues pour tout le monde, vous n'imaginez pas le nombre de cheminées, boiseries, piliers sculptés, dallages qui, hâtivement restaurés et habilement négociés, ont été envoyés aux États-Unis par la famille Duchemin, récupérateurs de matériaux anciens depuis trois générations ! » m'a dit la donzelle en me donnant l'adresse de l'entreprise. J'ai pris ma bagnole. L'endroit à une vingtaine de kilomètres était un décor d'opéra : grille Renaissance à l'entrée, un parc avec une pelouse nette comme une moquette, des fontaines, des escaliers, des piliers ouvragés ; à l'intérieur, des pavements, gris et blancs, rouges, verts, bleus, des meneaux, des cheminées. J'ai expliqué à un employé que je cherchais un bronze et…

… et ce bronze se trouvait dans les réserves et, comme par enchantement, il avait été découvert dans les papiers de la famille Duchemin une lettre de Renaldo Colomba datant de 1948 confirmant la vente des ruines du château de Belmont à l'entreprise. Cette lettre, personne ne l'avait jamais vue auparavant, mais elle était là, au fond d'un placard. Fabuleux ! Il y avait décidément de l'anti-Arsène Lupin dans l'air. On ourdissait pour inclure et non pas pour voler. Ça devait être assez neuf, encore qu'en ces matières je n'y connaissais rien, mais le résultat était là : la presse s'extasia du génie de Courtin et les prix flambèrent.

Entre-temps, j'avais filé à la bibliothèque des Arts décoratifs.

Consigné dans la catégorie des ouvrages fragiles, l'exemplaire de la revue *Visions du monde* me fut apporté sur un pupitre isolé faisant face à un appariteur en blouse grise. La couverture et le reportage étaient identiques à ceux que m'avait montrés le galeriste et sur l'image, au-dessus de la mention « La baronne Amédée d'Artimon, la comtesse Charles des Réaux, Madame la préfète Henri Ruaud dans le salon du château de Talmont », il y avait bien trois dames élégantes et la silhouette du *Minotaure* à l'arrière-plan.

Je ne notai pas immédiatement l'erreur, et j'étais sur le point de refermer le magazine lorsque le chapeau en forme de pyramide de l'une des femmes m'intrigua. Ne sachant de laquelle des trois il s'agissait, je relus la légende : « … dans le salon du château de *Talmont.* »

*Be*lmont, *Ta*lmont. Deux lettres de différence. Cette ombre à laquelle je n'avais prêté aucune attention puisque je *savais* qu'il s'agissait du *Minotaure* me parut soudainement suspecte. Les cornes n'avaient pas exactement la forme de cornes, et ce corps…

Pour mieux voir, je me penchai en écrasant du coude les pages. Une clochette retentit.

– Monsieur, vous abîmez ce document !

L'appariteur me toisait avec sévérité.

– Excusez-moi, j'essayais d'identifier quelque chose.

Il s'approcha dans sa blouse ardoise.

– Qu'est-ce que vous n'arrivez pas à voir ?

J'indiquai l'endroit sur l'image.

Il sortit de sa poche une grosse loupe, me poussa sur le côté.

– C'est une sculpture ? l'encourageai-je.

– Si c'est une sculpture, moi je suis la momie de Cléopâtre. C'est un chat, un maine coon pour être plus précis. Voyez par vous-même.

Avec la loupe, je distinguai un museau, les poils d'une moustache, une oreille pointue, un œil. Mais oui, c'était un chat paresseusement affalé !

– Est-ce que je peux prendre une photographie, monsieur ?

– Faites. Vous avez de la chance. Il y a un mois, peut-être un peu plus, peut-être un peu moins, un individu a consulté cette revue et il est parti avec. Distraction de poète. Il me l'a rapportée le lendemain avec des pâtes de fruit. Elles étaient très bonnes. Au moins, lui, il était honnête. La fauche ici, c'est une plaie. On ne peut pas mettre des pastilles électroniques dans tous les ouvrages et si on n'a pas l'œil, en un coup de cutter, les pages valsent dans les culottes.

J'affichai ma meilleure expression de provincial naïf.

– Il faisait des recherches ?

L'appariteur, goguenard, croisa ses mains sur son ventre.

– Non, comme vous il était venu pour apprendre à danser la valse.

Le soir même, Henri, surexcité par ma trouvaille, vint avec un vieil appareillage de monteur de cinéma permettant d'agrandir l'image.

– Superbe ! Rien ou presque sur le document falsifié ne se voit. Les lettres BE sont parfaites, la silhouette du *Minotaure* est impeccable. Le faussaire a détouré le chat, l'a remplacé par le bronze et a reconstitué les ombres, l'avant-plan et la pointe du chapeau de l'une des dames. Quel talent ! Mais il n'est pas très attentif. La pointe du chapeau est plus claire que le chapeau lui-même. Elle s'épaissit, notre affaire ! Un timbre qui n'est pas le bon, une missive bleue tombée du ciel, une photographie falsifiée, on se croirait dans un film d'Almodovar, il n'y manque plus qu'une écuyère.

Ma grand-mère fit réchauffer une quiche, Henri éplucha une salade et je mis le couvert. Nous échangeâmes des suppositions sur le ou la faussaire. Je penchais pour Véronique, une *telle salope*. Ma grand-mère pariait sur Courtin.

– J'en ai vu en matière de théâtre ! rigola Henri.

Les anecdotes se succédèrent. Celle de la veuve d'un grand cinéaste italien qui, séparée de son époux depuis vingt ans, avait fait publier les lettres d'amour qu'il lui aurait envoyées jusqu'au seuil de sa mort alors qu'il était dans le coma depuis deux ans, nous fit rire aux larmes.

– Au moins l'artiste existe puisqu'on en connaît le portrait, déclarai-je.

Ils voulurent le voir, ce portrait, j'allai donc chercher mon ordinateur.

– Bel homme, dit mamie, mais je ne l'aurais pas imaginé comme ça, qu'est-ce que tu en penses, Henri ?

Chaussant ses lunettes, il plaça l'écran à quelques centimètres de son visage. Je vis son front s'embuer de sueur, ses sourcils se froncer, tandis qu'il explorait la photographie en disant :

– Il n'y a pas de lumière naturelle dans cette image, les éclairages sont artificiels. Moi je veux bien tout ce qu'on veut, mais il faut quand même savoir où on se tient ! Les pivoines devant la fenêtre comme les feuillages derrière, c'est du décor, ça ne pourrait pas fonctionner en vrai, parce que, si la fenêtre s'ouvrait, elle renverserait le vase, et les feuillages sont des branchages de saule. On ne plante pas un saule à flanc de demeure. Cette persienne ne laisse pas passer le jour mais la réverbération d'un projecteur sur un panneau blanc. J'en suis d'autant plus certain que…

Il nous montra le rayon sur la lavette.

– Il viendrait d'où ce rayon ? D'un mur ? Non, d'une lampe à œillère placée sur le sol. Regardez Lorme. Très bien le lacet défait, le pantalon sale et la chemise en vrac, seulement, pour qu'un pan en déborde avec cette élégance-là sur la hanche, et nous donne ce joli contraste, il faut y bosser, et moi le truc d'empeser un tissu à la poudre de kaolin pour en accentuer la blancheur et alourdir les plis, je le connais ! Regardez son visage, sa chevelure en désordre. Les yeux et la peau sont maquillés, et pour obtenir cet effet de mèches blondes qui partent en tous sens, ce brillant, on a utilisé de la teinture et une laque. Mes enfants, cette image c'est du cinéma !

Encore si empreint de mon Eurêka, je me refusais à l'évidence.

– Mais si Lorme s'était mis en scène lui-même pour laisser de lui un magnifique portrait ? Les Dürer, Raphaël, Degas, Léonard de Vinci ne s'étaient pas peints en bouseux, eux ! Il pourrait s'agir d'une photographie de studio !

Henri me lança un regard navré. Je me revis gamin avec ma mère qui martelait de l'index les pages de mon livre de contes en maugréant : « C'est toi qui as vécu ça ou est-ce que c'est écrit là ? Il faudrait s'y retrouver ! », et j'eus la sensation de porter sur les épaules le poids d'un rêve que je ne pouvais plus protéger.

– Une photographie de studio ? Même en admettant que Lorme, avec ses moyens considérables, ait souhaité cela, ce serait absurde. Il aurait placé au moins l'une de ses sculptures, voulu qu'une référence soit faite à son art, à sa vie personnelle, ses convictions. Non, je te le dis, c'est du cinéma, et du cinéma français d'avant la Première Guerre. L'angle, le souci du détail, le côté démonstratif, pictural, littéraire, la coiffure, les vêtements, l'atmosphère. Un Français, ça en rajoute. Le syndrome balzacien. On est chez Léon Gaumont ou Charles Pathé, crois-moi.

Il sortit par la fenêtre, revint quelques minutes plus tard avec un énorme volume sous le bras, dont il tourna les pages à toute vitesse, en mouillant son index.

À la page 42 de ce répertoire des films d'avant 1940, en date de l'année 1913, était reproduite une affiche. Son titre tracé en grosses lettres gothiques dégoulinantes et sinistres était *Obsession*.

Charles-Félix Lorme était entouré de chevalets et de tableaux, une ombre menaçante se tenait au fond de la pièce. C'était un film des frères Pathé et l'acteur se nommait Alphonse Martineau.

Le lendemain matin, j'ai retrouvé ma grand-mère dans la cuisine. Sur la table en face de mon bol se trouvait le livret de messe pour l'enterrement du curé de Maraines.

En couverture se voyait un vieux religieux en aube et chasuble entouré d'enfants en tenue impeccable et d'une nuée de religieuses asiatiques aux sourires tout aussi éclatants que leurs voiles.

– J'ai passé la nuit à réfléchir à tout et en particulier à ce que nous avions vu à Maraines, me dit-elle, et j'ai ressorti ce programme. Il a eu une belle carrière ce prêtre. Ancien résistant, chargé d'une mission papale auprès de mère Teresa à Calcutta, puis le Pérou, Rome, le Cambodge. Son destin héroïque a dû s'achever bien solitairement. À son âge, il ne devait pas rester beaucoup de témoins de sa présence à Maraines en 1939, et c'est heureux.

– Heureux ?

– Oui, parce qu'il n'y vivait pas et n'était pas même

prêtre à cette date. Entre 1940 et 1944, il était dans le maquis, et il a été ordonné à Lyon en 1946. C'est écrit là. Quant à l'église, elle servait de dépôt d'armes pendant l'Occupation allemande, il n'y avait pas de curé dans ce patelin, et personne n'a jamais caché quoi que ce soit dans la crypte, pour la bonne raison qu'elle est restée murée jusqu'en 1971. L'information se trouve sur Internet. L'histoire de l'*Orphée* est une mystification de bout en bout, comme le reste. Sors-toi au plus tôt de ce cloaque, Tristan.

À mon arrivée à la galerie, monsieur Loiseau se servait un café et y trempait une pâte de fruit.

« Il m'avait offert des pâtes de fruit », avait dit l'appariteur de la bibliothèque.

Appelé par Courtin du haut de l'escalier, il remonta les marches en laissant la porte de son cagibi ouverte. Je me suis précipité et j'ai fouillé fébrilement son cartable. Dedans, des documents, des crayons, des gommes, des boîtes de plumes en métal du type Sergent-Major des écoles d'antan, des flacons contenant des liquides de différentes couleurs. En vrac.

J'ai subtilisé une boîte et trois flacons, puis, prétextant à Véronique « un devoir à rendre à l'université, je reviens dans une heure », j'ai quitté la galerie. Dans un café désert, j'ai versé dans les bouchons des flacons quelques gouttes d'encre et avec une plume, j'ai écrit sur mon Cahier de pensées trois fois le mot « menteur », en sépia foncé, en noir violine, en bleu outremer. Puis j'ai fait défiler les images de la correspondance sur mon écran :

« Le deuil de l'aimé est le commencement de la décomposition des âmes, de leur dislocation entre les temps passé, présent et futur. » Sépia foncé.

« C'est une honte, monsieur ! Vos laideurs que vous nommez œuvres et dont un enfant ne voudrait pas seront avalées demain… » Noir violine.

« Vos Minotaure, monsieur, sont les miroirs de la torture des humains auxquels on n'accorde pas le temps de se connaître et qui ne peuvent résoudre l'énigme de l'abandon. » Bleu outremer.

Piochant des mots au hasard dans ces missives, je les ai recopiés en m'appliquant à en imiter la graphologie. J'ai ainsi écrit *aimé*, puis *avalées*, mais la pointe de la plume se refusant au v, j'ai griffonné *av, av, av* une bonne dizaine de fois avant de parvenir à écrire *avalées* en entier. Enfin, j'ai calligraphié *énigme* en lettres énormes, tentant de reproduire au mieux l'étrange point sur le *i*, qui n'était pas un point mais plutôt une virgule, comme si la plume à peine posée avait redécollé.

Dans ce café, j'ai rêvassé, construit d'aléatoires signifiants, des jonctions confuses entre les termes que j'avais choisis, dont je voyais bien que le hasard n'y était pour rien, parce que *énigme*, tout de même. Avec un peu de méthodologie, me persuadais-je, je parviendrais à une conclusion, mais force m'était de constater que mon cahier n'était qu'un foutoir ; aucun mot n'était à la même échelle que son voisin et la page était éclaboussée de taches d'encre. (Allez donc essayer d'écrire avec une plume de deux centimètres que vous tenez entre le pouce et l'index.) Mademoiselle Micheline, ma vacharde d'institutrice, m'aurait tapé sur le crâne. Tu n'es qu'un âne, Tristan Karadec !

Karadec est un âne ! Karadec est un âne !

J'ai ouvert les dossiers « Lorme » sur mon ordinateur, tous en même temps, comme on ouvre les volets d'une maison. Que le jour passe !

Ce point sur le *i*.

Je n'avais pas prêté attention aux points sur les *i* avant *énigme*.

Cette évidence était sous mes yeux depuis le premier jour.

Les points sur les *i* dans les lettres du dossier de l'*Orphée*, les missives d'Ermantrude, de Germaine, du député, du romantique, du comte Giova et des autres, de tous les autres, des dizaines d'autres que j'avais détestés ou qui m'avaient attendri, étaient les mêmes. Ils détalaient, fuyaient, plus ou moins vite, plus ou moins fort, aucun n'était le parfait jumeau d'un autre, mais ils étaient *irréfutablement* de la même famille.

Je me tenais au-dessus d'un océan de graphologies que j'avais cru singulières, et je réalisais qu'elles étaient toutes de la même main.

Lorsque je revins dans la galerie, monsieur Loiseau et Véronique, assis côte à côte dans le bureau de cette dernière, épluchaient des factures. Elle me héla :

– À votre avis, Tristan, combien de bouteilles de champagne sont consommées en moyenne dans les vernissages ?

– Sur les dix cartons qui sont livrés, il en reste en général au moins deux.

– Où sont-ils ?

– Demandez au traiteur.

– On n'interroge pas quelqu'un qui vous enfume.

Je ne lui faisais pas dire, mais j'avais mieux à faire que de la dénoncer.

De retour dans ma cave, je pris l'un des registres. Ces rousseurs, trous de vers, passages d'insectes, changements constants d'encre, abréviations humoristiques. Je voulais encore croire en ce conte auquel l'embaumement sous le mystérieux onguent donnait vérité et éternité ; en cette tendresse qui m'était venue en l'ouvrant parce que rien n'est plus tendre que l'odeur du miel et de l'amande ; en cette usure du temps que me prouvaient les voix des minces cordes reliant les feuillets. Un marin déchiffre l'âge de ses cordages à leur musique et ce que j'entendais était si parfait. Mais ces points affolés sur les *i*, encore, et partout. Les trous de vers ? La tige d'un trombone me démontra que les orifices étaient verticaux et n'allaient pas au-delà de quelques millimètres. Un ver forge des galeries tortueuses. Aucun insecte n'était passé par là.

J'examinai les bordereaux sur le bureau du comptable. « Acquitté. » Même *i*.

Les néons du plafond sursautèrent, un poids se déplaçait au-dessus. Je fermai précipitamment le registre, m'assis à mon bureau et je pianotai sur l'ordinateur de la galerie, dans la pose de l'un bien à sa tâche.

– Ce que les gens peuvent être malhonnêtes ! Le traiteur nous a escroqués, c'est moche ! se lamenta monsieur Loiseau en descendant l'escalier.

Ermentrude, Tristan, Germaine, l'anonyme, le député, l'emmerdeur, le pédant, Renaldo Giova, le curé et le maire de Maraines, Georges Armécourt, Hector Dupuis, et les autres, c'était lui, cet homme râblé aux mains abîmées, portant au revers de sa veste un drôle d'ours en métal. Lui, qui avait fabriqué toute cette littérature aux deux tiers inutile.

Gamin, j'aimais tellement les contes inutiles.

Au cours de la matinée, je fus cent fois sur le point de lui crier : « L'appariteur de la bibliothèque des Arts décoratifs se souvient très bien de vous et de vos pâtes de fruit, monsieur Loiseau ! », mais la petite broche en forme d'ours sur sa veste me retenait. On n'engueule pas un enfant, on ne l'affuble pas d'un carton sur lequel est écrit « menteur ».

Étions-nous de la même espèce ? Il me semblait que

non. Je n'avais pas inventé monsieur Kurosawa, il était né d'une page, et mes élucubrations de gosse n'avaient été qu'une façon d'augmenter mon décor. Lui avait fabriqué de multiples *traces* matérielles, avec la volonté claire de tromper son monde, dans un but mercantile ou par jeu.

Je m'embrouillais entre lui dont je ne savais rien et moi, l'affabulateur, l'admirateur éperdu de Charles-Félix Lorme dont je ne savais désormais plus s'il avait vraiment existé. Je réfléchissais à ce qui me différenciait de lui sans pouvoir me résoudre à ce terme : malhonnêteté. Il avait mis tant de douleur dans ses lettres :

« Il fallait que le chant d'amour et de mort d'Orphée cesse, n'est-ce pas ? Il le fallait pour que les hommes puissent vénérer la guerre et la jeunesse, n'est-ce pas ? »

Tant de colère :

« Je vous hais, Lorme ! Comment osez-vous exister ? »

Comment aborde-t-on un menteur ? Donnadieu m'avait mis en confiance avec cette parole : « Je suis devenu psychiatre pour ne pas mourir de mon enfance. »

Je ne voulais rien briser, je voulais juste savoir.

Je lançai vers le cagibi :

– Dites, monsieur Loiseau, je peux vous parler un instant ?

Il ouvrit la porte.

– Oui, Tristan ?

– C'est à propos du traiteur… je suis bien embêté, toutes ces bouteilles disparues. Vous croyez que je vais être renvoyé ? geignis-je en prenant un air malheureux.

– Vous n'êtes pas responsable.

– Si, un peu quand même, j'aurais pu demander un état des stocks. À la brasserie de Brest dans laquelle je travaillais, c'était toujours ce qu'on faisait, mais depuis que je suis à Paris, je suis un peu perdu. Vous êtes de Paris, vous ?

– Non, de la vallée de Chevreuse, ce n'est pas loin et j'ai toujours préféré la campagne.

– Vous avez un jardin ?

– Un petit lopin.

Sa broche en forme d'ours miroitait légèrement sur sa veste.

– C'est un porte-bonheur ? lui demandai-je.

– Non, une petite chose que j'ai fabriquée un jour.

– Vous êtes drôlement doué !

Il rougit et des paumes ramena ses cheveux en arrière. Je n'avais, jusqu'à cet instant, pas remarqué le profil de ses oreilles, hautes et effilées, ni les rides encadrant les yeux d'un bleu profond, presque noir.

– Si ! Vous êtes un véritable artiste, monsieur Loiseau ! insistai-je.

Il se rengorgea et m'offrit une pâte de fruit.

– Disons que je suis un petit amateur. Pour l'affaire du traiteur, n'y pensez plus. Vous êtes content de votre travail à la galerie ?

– Je suis surtout content de faire des recherches sur Lorme, c'est un grand maître, répliquai-je en portant la confiserie à mes lèvres.

Il fixa ma main gauche.

– Vous avez une tache, là.

Sur le poignet de ma chemise, s'étalait une énorme bavure d'encre violine. Mon cœur marqua un arrêt.

– Ça doit être mon feutre. Ce que je peux être maladroit !

Il attrapa lestement ma sacoche, en sortit les trois flacons et les plumes.

– Je me disais bien que quelqu'un avait touché à mon cartable. Vous êtes un voleur et un menteur, Tristan Karadec.

Menteur. La colère me fit perdre toute prudence :

– J'avais l'intention de vous les rendre ! Je suis peut-être un menteur, mais je n'ai pas votre envergure ! Les registres, les lettres, les faux dossiers, c'est vous qui en êtes l'auteur. L'appariteur de la bibliothèque des Arts décoratifs se souvient très bien de vous et de vos pâtes de fruit !

Il se pétrifia.

– J'admire votre imagination, grinçai-je avec un accent que je voulus dur, dominateur, et qui n'était probablement que tremblant, mais je m'en fiche de votre théâtre, la seule chose qui m'importe est de savoir si Charles-Félix Lorme a existé.

Livide, il me proposa de déjeuner avec lui « pour parler de tout ça ».

J'avais vingt ans pour quelques semaines encore. Un toboggan de désastres m'attendait.

Dans un bistrot modeste, au coin de deux rues, le patron nous installa à une table et nous apporta une panière. Monsieur Loiseau prit trois morceaux de pain qu'il évida de leur mie, puis il commanda pour nous deux de la lotte à la basquaise et un pichet de vin blanc. Il avait repris des couleurs et me semblait serein, ce qui m'irrita.

Avant que le plat n'arrive, je lui lançai insolemment :

– Savez-vous qu'il n'existait pas de timbre à un franc cinquante à l'effigie de Pétain avant 1942 ?

Puis je le mitraillai de questions-réponses :

– Est-ce vous qui avez maquillé et mis l'*Orphée* dans la crypte de l'église de Maraines ? Bien sûr que c'est vous ! Et vous aussi qui avez infiltré le dossier dans l'armoire du curé cacochyme. Et le vétérinaire a-t-il vraiment reçu un chèque ? Évidemment qu'il l'a reçu ! Parce que sans facture, pas de pedigree !

Je lui envoyai en pleine figure mes missiles d'imbécile.

– Tant qu'à tromper votre monde, vous auriez pu le

faire avec un peu plus de concentration. Ça vous aurait pris quoi ? Moins de vingt-quatre heures pour consulter un philatéliste. Le cachet de l'enveloppe était bâclé et n'importe qui peut dater une encre. Il suffit d'un microscope. Votre falsification du magazine *Visions du monde* ? Elle était pleine d'erreurs ! Votre curé ? Il n'était pas à Maraines dans les années quarante et l'église était un dépôt d'armes sous l'Occupation. Le portrait ? C'est celui d'un acteur qui s'appelait Martineau et il jouait le rôle d'un peintre, pas celui d'un sculpteur ! Quant à vos points sur les *i* ? Faut-il vous mettre les points sur les *i* ?

Ha, ha, ha ! j'entends encore mon rire de flic.

Loiseau m'écoutait en clignant des paupières, comme aveuglé par tous ces phares de preuves.

Si calme.

Le poisson nous fut servi et pendant quelques instants notre conversation – mon monologue, plutôt – s'interrompit. La lotte était délicieuse, tendre, parfumée avec des herbes que je ne connaissais pas.

– Vous aimez cette cuisine ? me demanda-t-il.

J'opinai.

– Le cuisinier est un Sénégalais que j'ai connu à la fin des années quatre-vingt aux Beaux-Arts.

– Aux Beaux-Arts ?

– Oui, il se prenait pour la réincarnation de Léonard de Vinci version africaine, prétendait libérer l'âme nègre par son œuvre et se bourrait d'héroïne. À quinze ans près, il aurait fait un tabac. Vous êtes bien jeune pour vous mêler de ce qui ne vous concerne pas.

Il sortit un crayon de sa veste et griffonna un portrait sur la nappe en papier, qu'il déchira et me tendit.

Les cheveux étaient des algues, les yeux vides prenaient la moitié du visage et, au milieu du front, il y avait la silhouette d'un enfant qui aurait pu être celui que j'avais été. Le dessin montrait des similitudes criantes avec les études que j'avais tant de fois examinées. Comme si cela ne m'était pas suffisant pour comprendre que j'avais devant moi Charles-Félix Lorme, Loiseau fabriqua avec de la mie de pain un lapin, un merveilleux lapin qui ressemblait à celui sur la sculpture du Minotaure enfant.

Sa confession muette brisait ma posture de gladiateur. Je me sentais comme un voyageur subitement chargé d'un paquet avec lequel il ne peut plus avancer et qui réduit à néant ses ambitions d'exploration.

À nouveau, je me remémorai le conte de l'esprit de la rivière questionnant le vieux pêcheur : « À quoi te servirait de savoir où est ma source ? » La suite était que le vieillard voit enfin la source, mais elle le déçoit avec ses flots maigres et boueux. Il expire, solitaire et malheureux, et se métamorphose en une multitude de moucherons que dévorent des alevins. L'un, devenu poisson, est attrapé par sa veuve et mangé tristement par sa famille qui supplie le dieu de la mort de leur rendre le corps de leur ancêtre. Ce qui n'arriva jamais et fit que ses enfants se dispersèrent de par le monde, car, ainsi que le disait cette légende, les humains dépossédés des cendres de leurs aïeux sont voués à l'errance éternelle.

Ce qui n'avait rien à voir avec les circonstances, mais mon cerveau de vingt ans tissait d'invraisemblables tapisseries avec tous les fils, fussent-ils d'air, et j'avais l'intuition diffuse et angoissante qu'en me plaçant entre Lorme et son créateur, je vouais ce dernier à l'*errance*. J'aurais fait n'importe quoi pour sortir de cette ornière. Mais c'était trop tard. Le miroir était franchi. Déjà, Loiseau m'avouait :

– J'ai hérité la fonderie Curtivier de mon grand-père maternel. C'est une entreprise dans la vallée de Chevreuse qui emploie depuis trois générations une douzaine d'ouvriers spécialisés dans la restauration des monuments en bronze et la fonte d'œuvres. Mes parents voulaient que je fasse les Beaux-Arts comme deux de mes ancêtres qui avaient été prix de Rome. Techniquement, moi qui dessinais et sculptais depuis l'enfance, j'étais à cent coudées au-dessus des autres étudiants, mais les professeurs méprisaient ce genre de savoir. À l'époque, il fallait être radical, engagé, abstrait ou faire des happenings. Ils me traitaient d'académique, me suggéraient de faire carrière place du Tertre à Montmartre. La place du Tertre était la poubelle de l'art, un lieu pour touristes qui pour quelques sous achetaient des horreurs inspirées de Picasso, Monet, Toulouse-Lautrec, ou des petits animaux façonnés sous leurs yeux, comme ce lapin. Dégoûté, j'ai passé un diplôme de comptabilité, puis j'ai repris les rênes de l'entreprise familiale. Le soir, je façonnais des *Orphée*, des *Narcisse*, des *Minotaure* en argile comme d'autres tricotent pour se calmer les mains ou l'âme. Pour le plaisir, j'ai moulé, fondu et patiné un *Narcisse* que j'ai signé C.F. Lorme et exposé dans mon bureau. C.F. sont les initiales de *Commode Facio*, « Bien inspiré », qui est la devise de la fonderie, et *Lorme* est le nom du ruisseau qui coule sur le terrain. François Courtin, un client régulier, est venu il y a environ six ans pour discuter de la restauration d'une sculpture. En voyant le *Narcisse*, il a voulu connaître l'auteur, j'ai prétendu n'en rien savoir et avoir trouvé ce bronze dans nos réserves. Il s'est enthousiasmé, m'a tenu un discours me démontrant que l'œuvre datait d'avant 1914 et il a insisté pour la prendre en dépôt dans sa galerie. Trois jours plus tard, il la cédait à un collectionneur pour une somme rondelette et me suppliait de faire des recherches. Des recherches… il me suppliait de faire des recherches sur moi-même.

Il but lentement, les yeux rivés sur un clochard qui mendiait en terrasse.

– J'ai inventé un premier prénom : Charlotte-Françoise. Ma mère se nommait Françoise, elle était dessinatrice et pastelliste, elle m'a tout appris sur la couleur. Mais les femmes dans l'histoire de l'art, c'est compliqué, alors je me suis décidé pour Charles-Félix. Félix est le nom de mon chat. Tous mes chats s'appellent Félix.

Puisque Courtin croyait le bronze d'avant 1914, il s'était fait naître en 1883 à Roubaix dans une maison de la vieille ville, et parce qu'on ne prend au sérieux que ceux nés dans la misère, il s'était donné un père mineur et une mère lingère.

Dès l'instant où il évoqua ce « petit apprenti de douze ans entré à la fonderie Curtivier », ses mains bougèrent, soulignant ses phrases, et sa voix se fit plus ferme. Il avait une manière simple, vivante et très belle de décrire son *personnage* dans la lumière de la vallée de Chevreuse, les ouvriers d'autrefois se mettant à leur tâche, en sabots et calot de feutre sous l'œil du chef d'atelier en casquette à visière, et l'eau tirée à la pompe, les cubilots chauffés au bois, les coulées de fonte versées à la louche, les livraisons en charrette.

C'était à croire qu'il avait vraiment vécu à cette époque.

– Je n'ai eu qu'à me rappeler les récits de mon grand-père et sortir d'anciens carnets pour l'imaginer ce Charles-Félix au travail, dessinant et sculptant.

Il passa un doigt sur ses lèvres.

– Avant d'apporter à François Courtin un deuxième bronze, un *Orphée*, j'ai déversé dessus le contenu d'un aspirateur d'atelier. Cette poussière, toute cette poussière sur mes formes et couleurs… J'entrais dans ma propre tombe.

Il pâlit, se ressaisit, et continua :

– Devant l'un de ses clients qui se trouvait là, j'ai nettoyé comme un valet, avec de piètres chiffons, ma propre œuvre en la dénigrant : « Bonne technique, mais la construction est trop alambiquée, ça ne veut rien dire un truc pareil. » De la salle d'exposition où j'attendais, j'ai entendu le visiteur de Courtin dire : « Ce bronze est magnifique, combien en voulez-vous ? » Le prix était extravagant. J'étais heureux.

Il réclama du pain et à nouveau en retira la mie, la tritura, en fit un batracien.

– Vous connaissez la fable de la grenouille qui voulait être plus grosse que le bœuf ? C'est ce qui m'est arrivé, mais pas pour l'argent. Mon petit bonheur s'est usé très vite. Il m'en fallait un autre. J'ai commencé à penser à Lorme tous les jours, en me posant des questions sur son physique et son caractère. Je l'ai imaginé reclus dans un atelier et ne se montrant pas par crainte des moqueries. Comme je l'avais été. J'ai réfléchi de plus près à son œuvre – la mienne. Depuis des années, je tournais en boucle autour des thèmes d'Orphée, du Minotaure, de Narcisse, or je ne suis ni un philosophe, ni un érudit en matière de mythologie.

Loiseau eut un sourire qui ne s'adressait à personne.

– Remonter son propre temps, s'explorer, se revoir, être le chroniqueur de soi-même, c'est extraordinaire. Au moins aurais-je vécu cela. Enfant, je croquais au fusain mon frère, un pauvre garçon difforme, lourdement handicapé. Il lapait sa nourriture et passait ses journées dans une chaise roulante. Il s'appelait Joseph, mon père le surnommait affectueusement Minotaure. À douze ans, il a été retrouvé noyé dans la Lorme. Ce n'était pas un accident mais un meurtre absurde ourdi par des adolescents de la région. Je ne sais pas à quel âge est mort le Minotaure, et vous, vous le savez ?

Assommé, je fis un signe de dénégation.

– Un monstre disparaît et le monde pense que malgré les circonstances, c'est une bonne nouvelle, qu'enfin sa famille retrouvera la quiétude. Les gens ignoraient la saveur (Loiseau prononça ce mot *saveur* avec une douceur qui me fit trembler) de notre amour pour lui. Nous avons mis des années à nous accoutumer à vivre sans le chaos de Joseph-Minotaure, à nous remettre de cet assassinat. Mon père expliquait qu'en meute les humains se connectent à des énergies sous-jacentes, que les tueurs s'étaient conduits comme les bacchantes qui avaient déchiré Orphée. Il fit mettre une stèle au bord de la rivière, elle représentait Narcisse s'y miroitant. C'était une idée de ma mère.

Il sauça son assiette avec un morceau de pain, dans un geste qui ramassait, ne laissait rien, et me fit penser aux marins pêcheurs de mon village.

– Narcisse était sa façon de saluer la mémoire de son fils, Joseph-Minotaure, condamné par la haine. Elle disait que la haine est tout aussi aveugle que le désir. Mes parents faisaient de leur mieux pour…

Son regard mélancolique se perdit sur la nappe.

– Tout le monde n'a pas dans les fibres de sa mémoire la tragédie d'un Joseph-Minotaure. Moi-même, je suis un Narcisse, je me miroite dans le lac de l'autrefois pour y voir l'Autre.

L'Autre. Je palpai ma pierre sous ma chemise en pensant à monsieur Kurosawa.

– Mais quel visage avait l'Autre ? reprit-il. J'ai longtemps cherché. En consultant des journaux d'avant-guerre, je suis tombé sur une publicité pour un film. L'acteur me ressemblait un peu, et cette histoire d'un peintre qui… mais vous connaissez cela.

– Non, monsieur.

– Comment ? Vous ignorez que le film *Obsession* retrace le destin d'un artiste qui, rendu fou par son mécène, finit par détruire ses œuvres et se pendre ?

Il me dévisagea et j'eus envie de m'enfuir.

– Une courte vie de créateur, c'était le scénario parfait, poursuivit-il d'un timbre accéléré. Le personnage du mécène est devenu Hector Dupuis. Dans un vide-grenier, j'ai trouvé de vieux registres. Je les ai désossés et j'ai lavé au chlore les centaines de feuilles. Il restait des lignes visibles, et c'est ainsi – je suis comptable après tout ! – que m'est venue l'idée des calepins de vente. J'ai acheté tout un matériel de plumes, de vieux stylos et d'encres, je me suis exercé à imiter les graphologies de ce temps et j'ai pioché ici et là ou inventé des noms et des adresses. L'onguent à base de cire d'abeille et d'huile d'amande était un procédé qu'utilisait mon grand-père sur certains calepins. Il se méfiait de ses ouvriers et de ses successeurs.

Il eut un petit rire amer.

– J'ai de qui tenir ! À peine avais-je fait naître Lorme que je craignais déjà les faussaires. Le décor de mon temps m'obsédait. Partout où j'allais, j'écumais les brocantes et récoltais des masses de journaux, cartes postales, papiers à en-tête, datant entre 1900 et 1913. La nuit, j'écrivais à Lorme comme j'aurais aimé que l'on m'écrive si j'étais devenu un véritable artiste.

Si j'étais devenu un véritable artiste. La remarque me liquéfia, mais je n'osai pas l'interrompre.

– En six ans, j'ai fondu une quarantaine de bronzes. Un jour, j'ai téléphoné à Courtin pour lui annoncer que j'avais retrouvé les carnets de fonte des œuvres de Lorme. Cent trente-sept en tout. J'avais fait le calcul : j'avais six ans de travail derrière moi, j'en avais avec un peu de chance vingt-cinq devant moi. Alors, bien sûr, je réalisais qu'en faisant disparaître Lorme en 1913, je ne lui accordais que seize années pour faire ce que moi j'accomplirais en un tiers de siècle, mais je ne suis qu'un artisan du soir. J'ai affirmé avoir retrouvé et acheté le fonds de l'atelier de Lorme chez les descendants d'Hector Dupuis. Je lui ai préparé une belle mise en scène dans l'un des hangars inutilisés de la fonderie : d'énormes caisses marquées H.D., quelques bronzes sortant de la paille, des registres et cartons emballés dans de vieux journaux, des dessins roulés…

– Mais, le coupai-je, Courtin a donc inventé toute l'histoire des caisses retrouvées dans sa maison familiale à Toulouse ? Il est votre complice ?

– Non. Je suis peut-être nul en philatélie et en histoire, mais en matière de généalogie, je suis un maître et j'adore les imbroglios d'opérette et les vieux papiers. J'ai choisi « Hector Dupuis » parce que c'était le nom d'un cousin d'Amandine Courtin, une arrière-grand-tante de François qui avait vécu à Toulouse au 37 de la rue Bleue, dans une maison qui est maintenant un HLM. Il suffit d'une étiquette vieillie sur une caisse et de laisser son homme cogiter. Je me souviendrai jusqu'à ma mort de Courtin déboulant dans mon bureau en hurlant : « Putain, Loiseau ! Putain ! Les caisses Lorme étaient dans ma famille ! » Après, je l'ai laissé arranger son propre roman, tout en le guidant et en surveillant mes ventes. François est un enfant qui ne demande qu'à s'amuser. Tout vient de moi.

François.

Il avait prononcé ce prénom avec une telle tendresse.

– Vous aimez monsieur Courtin ?

– Oui, souffla-t-il en baissant les yeux, je l'aime parce qu'il est vulgaire et généreux, naïf et sensible, et très seul, comme moi, bien que nous ne soyons pas de la même obédience. Il caresse les hommes et moi les chats. Je suis plus heureux en amour que lui.

– Mais vous lui avez menti et vous l'avez trahi ! m'insurgeai-je.

Comme on est bête quand on en vient à croire que la vérité peut faire tourner le monde, alors que votre propre vie vous a prouvé le contraire et appris que seule la poésie sauve. Moi qui partageais mon logis intérieur avec monsieur Kurosawa, je lui crachai :

– Vous ne seriez pas un peu schizophrène ?

– Lorme n'est pas mon double, c'est un paravent. Moi, on ne m'aurait pas regardé. On ne pardonne pas aux artistes de ne pas être de leur temps.

Le patron apporta l'addition et Loiseau sortit son portefeuille.

– Qu'allez-vous faire maintenant ? m'interrogea-t-il en déposant des billets sur la table.

– Pour moi, Lorme, c'est fini. Je vais quitter la galerie et chercher un autre travail.

C'était le 12 décembre de l'année 2006. Dans quelques jours le monde fêterait Noël. Je venais de déjeuner avec monsieur Loiseau alias Charles-Félix Lorme, un artiste que je vénérais, que j'avais reconnu de *ma* famille, grâce auquel j'avais échappé aux griffes paternelles, et moi, petit matamore, je lui avais dit d'un ton supérieur « Lorme, c'est fini », en me rengorgeant de mes triomphes d'enquêteur, alors qu'il ne me restait qu'une centaine d'euros, à peine de quoi offrir un cadeau minable à ma grand-mère, payer mon abonnement de portable et mes tickets de transport. Je savais que je ne pourrais pas retourner en Bretagne pour y retrouver mes parents, la villa Ulysse, le jardin et sa cabane, que je n'aurais pas la force de revoir ce que m'avait révélé l'ultime attaque du fantôme, ni d'affronter mon frère Gaétan. Voilà, frère, je ne voulais pas t'en parler pour ne pas t'inquiéter, mais il se trouve que Lorme n'est pas Lorme, enfin pas tout à fait.

Et si l'affaire surgissait plus tard ? Si la police venait m'interroger – Avez-vous remarqué quelque chose d'étrange lorsque vous étiez employé par monsieur Courtin ? Qu'est-ce que je dirais ? Il fallait de toute urgence que je détruise mon Cahier de pensées, mais si je le faisais, quelle preuve me resterait-il ?

Une voix me soufflait : Dis à Loiseau l'admiration que tu as pour ses œuvres, tu vois bien qu'il est brisé.

Cette mélasse dans mon cerveau. Une heure auparavant, je dominais la situation, maintenant elle m'écrasait.

Le comptable laissa un gros pourboire. Il était riche, lui.

– Quel prétexte donnerez-vous à votre démission, Tristan ?

– Je suis rarement en mal d'inspiration.

– Je le sais, mais comme moi, vous commettez des

imprudences. François était très ému d'apprendre la mort de votre père au Rwanda et que vous étiez pupille de la nation. Je ne lui ai pas révélé que vous étiez le fils d'un médecin parfaitement en vie. Ça l'aurait déçu.

De retour dans ma cave, j'ai rangé mes affaires. Monsieur Loiseau, la tête rentrée dans les épaules, s'est enfermé dans son cagibi.

En grimpant l'escalier, me retournant pour voir les dossiers, les archives ; en traversant la salle d'exposition où les bronzes décrits par des cartels impeccables rutilaient sous les spots, où les bougies répandaient une odeur doucereuse, où tout était net ; en dépassant la porte du bureau de François Courtin dont je savais qu'à cette heure, il se bâfrait, j'ai été pris de dégoût.

J'ai éteint les bougies et les lumières de la salle pour soulager les œuvres de tous ces phares d'opérette braqués sur elles, les laisser quelques instants respirer le jour. C'était à couper le souffle de les voir ainsi dans ce clair-obscur où seules les faces tournées vers la rue prenaient chair, chair de vie, chair de mort, pénétraient le Temps. J'aurais voulu que les socles, le parquet, les murs disparaissent, que les *Orphée* soient au sommet d'une colline, les *Narcisse* au bord d'un lac, les *Minotaure* au fond d'une grotte.

Si j'avais été un véritable artiste. Les mots de Loiseau m'empoignaient. Un instant, j'ai été tenté de redescendre pour lui parler de ma première rencontre avec ses sculptures, lui dire que nous étions de la même famille, que mes découvertes étaient sans importance puisqu'il *existait* et que je ne révélerais rien. Mais j'étais encore si imbu de l'enquête et je lui en voulais de n'être que Lui, je le méprisais pour ses erreurs stupides. Comment un tel génie pouvait-il être un aussi piètre affabulateur ?

Des pensées contradictoires se bousculaient dans ma tête. L'admiration s'entrechoquait avec la trahison ; le chagrin, la sensation d'une terrible perte croisaient un énorme rire intérieur. Son théâtre était *Commode Facio*, bien inspiré, oui ! La farce était drôle. Il les avait bien eus les conservateurs, les courtiers et les richards. Mais le vrai dindon de cette farce, c'était moi qui me prenais en pleine poire l'humour, l'audace, l'ironie de son folklore, et au passage ma stupidité et mon atroce banalité face à l'étrange grandeur de son renoncement. Renoncer à soi pour exister, exister, malgré l'imbécilité d'un monde qui croit à l'époque, à la mode, plus qu'à l'intemporelle poésie. Comment en étais-je venu à le supplicier, lui l'auteur de ces œuvres si extraordinaires ? Mais c'était de sa faute, à ce lâche ! Cet abominable lâche ! Il aurait pu avouer, « C'est de moi », à François Courtin, la première fois, mais non, il ne l'avait pas fait, ce trouillard.

J'étais dans ce marécage lorsque Véronique m'a crié :

– Qu'est-ce que vous faites ? Vous êtes devenu fou ? Rallumez immédiatement !

J'ai obtempéré.

J'aimerais pouvoir écrire : Véronique s'est effacée de ma mémoire, affirmer que tout ce lamentable entre elle et moi n'est pas inscrit dans la cire de mes souvenirs, ne pas en être encore, à l'heure où j'écris, à me chercher des excuses – Voilà, j'étais sous le choc de ce déjeuner, quand, après m'avoir vertement tancé, elle m'a annoncé de sa voix traînante d'aristocrate qu'elle partait à Gstaad le lendemain.

– Gstaad ? C'est où ?

– Un endroit en Suisse où l'on skie. Vous skiez, Tristan ?

Dans le miroir de ses prunelles, je me suis vu cloporte à ras de terre. Bien sûr que tu ne skies pas, péquenaud.

J'ai pensé qu'avec son menton en galoche, son nez à l'arête épaisse, ses yeux couleur de châtaigne, il ne lui resterait pas grand-chose sans sa blondeur, ses ongles coquelicot, son chemisier en soie et ses bijoux, et je lui ai assené :

– Si vous vous prenez une avalanche sur la gueule, il va vous regretter votre coiffeur, ça va faire un gros trou dans sa trésorerie. Votre particule, votre fric, votre anglais, vos copains buveurs de champagne et fumeurs de cannabis, je me les fous au cul, je pisse dessus. Vous êtes une salope, Véronique, vous êtes malhonnête, méchante, et en plus vous êtes laide à en dégueuler.

Et j'ai quitté la galerie.

À l'université, je me suis pelotonné au fond de l'amphi et j'ai passé l'heure à gribouiller sur mon Cahier de pensées des spirales avec, au centre, un point d'interrogation, puis j'ai déambulé dans la ville envahie de décors de fête. Devant un magasin, un Père Noël à silhouette d'ogre agitait une cloche et des enfants se précipitaient. J'avais envie d'arrêter les passants portant des paquets pour leur demander : Qu'est-ce qui vous préoccupe, vous ? Qu'est-ce qui vous rend heureux, dites ?

Je revoyais constamment monsieur Loiseau se faufiler derrière moi dans notre cave commune et se réfugier tristement dans son antre comme un gosse puni par une vacharde.

Loiseau est un menteur ! Loiseau est un menteur !

Et s'il renonçait à être Charles-Félix Lorme ?

Vous êtes bien jeune pour vous mêler de ce qui ne vous concerne pas.

J'imaginais un dialogue :

– Mais, monsieur Loiseau, ce n'est pas une question de jeunesse ! Moi, toute mon enfance, mes parents m'ont foncé dessus à la moindre de mes élucubrations. Si je n'avais pas connu le docteur Donnadieu qui…

Alors, pourquoi me faites-vous cela ?

Je me mettais échec et mat dans la sarabande de Noël.

Il y eut une rue déserte et sombre. Et si le comptable cherchait à se venger ? Et s'il avait envoyé des tueurs pour que je me taise à tout jamais ? Je me retournais tous les trois pas, fouillais des yeux les porches, les voitures, plaçant alternativement mon sac sur mon dos ou devant mon ventre comme bouclier pare-balles. Chaque fois que je voyais des gens – un couple se pelotant contre un mur, un homme promenant son chien, une femme avec une poussette –, je changeais de trottoir.

J'étais à quelques pas de la porte de ma grand-mère, lorsqu'un gyrophare est apparu. Des portières ont claqué et une voix a tonné :

– Halte !

J'ai fait volte-face.

– Papiers, s'il vous plaît, carte d'identité, passeport ou permis de conduire, m'a ordonné un policier.

Soulagé par sa présence, je lui ai demandé :

– Vous l'avez vu dans le quartier ?

– Qui ça ?

– L'autre dingue, le…

Quelques secondes plus tard, j'étais dans une voiture qui toutes sirènes hurlantes traversait Paris.

– Qu'avez-vous fait entre quatorze heures et quinze heures trente ?

– J'étais à la galerie Courtin.

– Ça, nous le savons. Je vous réitère ma question, monsieur Karadec : qu'avez-vous fait ?

– Ce que j'y fais tous les jours, des fiches, des photocopies.

– C'est tout ? Vraiment ?

Le commissaire mit ses coudes sur le bureau et planta ses yeux dans les miens.

– Quelques instants après que vous ayez quitté votre lieu de travail, l'employée de la galerie a senti une odeur de fumée provenant du sous-sol, elle s'est précipitée et elle a constaté que des archives brûlaient, et que le comptable, un dénommé Loiseau, gisait sans connaissance sur le sol. Après l'extinction du sinistre et l'évacuation de la victime, elle nous a déclaré que votre comportement avait été particulièrement agressif et agité. Alors ?

Un incendie et monsieur Loiseau sans connaissance ?

– Excusez-moi, pourriez-vous répéter, s'il vous plaît ?

Le commissaire se tourna vers un policier.

– Qu'est-ce qu'il a sur lui, Karadec ?

Le flic aligna sur un plateau ce que contenait ma sacoche en énumérant :

– Ordinateur, téléphone portable, portefeuille, trousse, carnet intitulé *Pensées de Tristan Karadec*, un récipient d'essence de la marque Zippo…

Ce moment où tout autour de soi et en soi se fige, où le temps s'arrête.

– Pourquoi vous promenez-vous avec de l'essence, monsieur Karadec ?

– C'est une recharge pour briquet, j'avais oublié qu'elle était là. Elle appartient à ma grand-mère.

– Que fait-elle dans votre sac ?

– Nous étions ensemble dans un village…

J'aurais pu dire « Voilà, c'est de la faute d'une girafe » ou n'importe quoi d'autre, il ne m'écoutait plus. Il tournait les pages de mon cahier en pointant à son collègue un dessin, un mot, une phrase.

Dans une histoire à suspense, une goutte de sueur dévale le long de la colonne vertébrale du héros. Moi, j'étais glacé.

Son portable vibra, il lut le message, pâlit, se leva d'un bond et dit à l'autre :

– Ma femme accouche avant terme. Jean, tu prends la suite.

Ce Jean m'avait paru assez sympathique, mais dès qu'il fut dans le fauteuil de son chef, il se métamorphosa en gestapiste.

– On ne va pas y passer la nuit. Comment tu as mis le feu, maintenant on sait, mais à l'autre, au comptable, tu lui as fait quoi ? Allez ! Accouche ! Des types comme toi, j'en croise dix par jour, et tu ne seras pas le premier à qui j'aurai foutu des baffes.

Plus il s'énervait, me menaçait de l'enfer, plus je m'absentais, comme je le faisais avec mon père.

Une auxiliaire déboula en déclarant :

– J'ai contacté les parents du prévenu. Ton client a des antécédents psychiatriques. La procédure SDRE a été enclenchée.

– Ah, merde, dit le flic, mais je m'en doutais à voir sa gueule de tordu.

Il était passé huit heures quand un fourgon me déposa dans un hôpital. On m'enferma dans une chambre aux murs blancs, avec une fenêtre minuscule haut perchée, un lit soudé au sol, des toilettes en métal sans lunette ni couvercle, un lavabo dans la même matière, une douche fixée dans le mur. Je me retrouvai face à une barquette de légumes et de poulet qui sentait le poisson. De l'autre côté de la cloison, une femme s'égosillait : « Au secours ! Au secours ! »

Une infirmière m'apporta une serviette, un savon,

une brosse à dents, un minuscule tube de dentifrice et un pyjama bleu si fin que l'on aurait dit un voile. Elle m'ordonna de m'en vêtir, prit mes vêtements et ma pierre, me tendit un petit godet dont elle exigea que j'absorbe le contenu devant elle.

Je m'endormis comme on tombe.

Le lendemain matin, un individu large comme une tour entra :

– Vous tenez sur vos jambes ou vous préférez un fauteuil roulant ? Il y a du chemin.

– Je ne suis pas malade, je peux marcher.

– Je vous conseille le fauteuil, ça fait meilleure impression.

Dans le couloir, des hommes en tenue verte et des femmes en tunique à fleurs bougeaient lentement dans une odeur de produits d'entretien et de relents de cuisine.

– Pourquoi suis-je habillé en bleu ? questionnai-je le gars qui me poussait.

– C'est la tenue réservée aux suicidaires, le tissu se déchire à la moindre tension.

– Je ne suis pas suicidaire.

– Que voulez-vous que j'y fasse ?

Dès mon arrivée dans une salle, deux policiers m'encadrèrent à la façon de sentinelles. La tour me roula vers un groupe de trois blouses blanches assises derrière une table en formica sur laquelle s'étalaient mes affaires et ma pierre.

Une blouse blanche dit à un agent :

– *Il* est placé sous le statut SDRE, mais je n'ai pas reçu le dossier, notre système informatique est en vrille. C'est quoi le sujet ?

– Incendie volontaire, tentative d'homicide, je n'ai pas les détails de l'enquête. Selon ses parents, *il* a déjà été suivi par un psychiatre.

Une autre blouse blanche, mon carnet en main, lut à haute voix :

– « Si tu plonges longtemps ton regard dans l'abîme, l'abîme te regarde aussi… »

Puis il montra à ses collègues mes dessins de signes et symboles, *menteur* que j'avais écrit en trois couleurs, *aimé*, et la succession des *av, av, av* de *avalées*. Des sourcils en accent circonflexe saluèrent l'apparition d'*énigme* prenant toute une page et l'un dit :

– Il a encerclé le *i*, comme s'il cherchait les points sur les *i*, c'est super-lacanien.

J'entendis « Pulsions morbides, névrose paranoïde ».

Mon entendement se ravinait, se fracturait, chutait par blocs à l'intérieur d'un moi-cavité dans lequel je ne voyais plus goutte. J'étais un *il* dont des inconnus parlaient sans que leurs yeux croisent les miens, dont toute parole était verbiage de fou meurtrier incendiaire ; un pauvre type dans un fauteuil roulant aux accoudoirs griffés des angoisses et révoltes de tous ceux qui l'y avaient précédé ; un asphyxié croassant parmi des sourds :

– C'est faux ! Tout ce que vous dites est faux !

La fermentation de cela dans les minutes qui suivirent, les grosses bulles explosant à la surface de mon esprit-marécage méphitique, cette alchimie mettant mes chairs d'âme piégée à vif.

À quelques mètres de moi, ma pierre esprit-gardien-de-l'inoubliable fut manipulée, une blouse blanche la brandit comme un assommoir, calculant peut-être l'impact qu'elle aurait eu sur un crâne, approcha sa bouche du trou, souffla dedans – cette horreur – et déclara :

– Fétichiste.

« Ferme les yeux toi que les hommes ne reconnaissent pas, ferme les yeux et n'attends plus rien d'eux, respire et que ton souffle les emporte », recommandait un bon génie de mon livre de contes à un paysan emprisonné dans une cage en bambou et dont tous se moquaient, sur qui tous crachaient.

Respire.

Je fermai les yeux, inhalai profondément – que le tambour en moi cesse, que le tambour en moi cesse. J'étais de retour dans les méandres, les miasmes, les vacheries des éructants-éradicateurs de mon enfance. Oh ! Je leur souhaitai non pas mille morts, mais bon voyage à la poursuite de mon vaisseau, dont je suppliai monsieur Kurosawa de reprendre le gouvernail – et c'est extraordinaire comme il obtempéra mon ami intérieur dans un kimono flamboyant d'une rage rouge.

Que la traversée soit belle !

– Vous nous en faites voir, jeune Karadec, rigola au troisième jour l'infirmière, une femme-tonneau aux yeux bleu acier, on ne parle que de vous en réunion.

Aux médecins qui me faisaient passer des tests, je répondais laconiquement « Sais pas », sauf quand ça devenait intéressant.

– Avez-vous déjà vu des êtres que personne à part vous ne voyait ?

– Oui. Quand j'étais petit, je voyais Jésus au-dessus de mon lit. Non, excusez-moi, je confonds, c'est lui qui me voyait.

Je n'allais pas leur servir monsieur Kurosawa pour qu'ils en fassent des confettis.

– Avez-vous *déjà* eu des idées que vos proches considéraient comme étranges ou en dehors de la réalité ?

– Absolument. Je n'ai jamais pu me résoudre à me croire un mouton dans le troupeau du Seigneur, et encore moins une brebis galeuse. Depuis que je suis ici, ça s'accentue. C'est très bizarre. Je persiste à penser que je suis accusé de crimes que je n'ai pas commis, que l'on me bombarde de questions ridicules auxquelles ceux qui me les posent ne sauraient pas eux-mêmes répondre, que l'on fouille dans mon intimité et que l'on me traite de fétichiste parce que j'accroche une pierre à mon cou. Si je vous disais que c'est un souffleur de récitant remontant au troisième millénaire avant notre ère, vous allez penser que je suis irrécupérable. Tiens, vous portez une croix égyptienne. Vous faites partie d'une secte ?

– Que signifie cette phrase « Si tu regardes trop longtemps l'abîme, l'abîme te regarde aussi » ?

– Il faudrait voir ça avec Nietzsche, il doit être dans les parages.

Je me marrais pour ne pas pleurer.

Il n'existe pas, ou si peu, de passages entre une blouse blanche et un pyjama bleu sous l'étiquette SDRE – Soins sans consentement sur Décision d'un Représentant de l'État. Le « sans » et le « consentement » n'ont pas droit à des majuscules, et l'on sait que tant que le dossier n'effacera pas « Incendie volontaire, tentative d'homicide et antécédents psychiatriques », ils suivront la procédure, point barre. Toute révolte est inutile. Les doutes, les rires, les instants de complicité qui surgissaient lors de mes entretiens avec des soignants que je reléguais au statut de garde-chiourme étaient des lumières minuscules qui à peine allumées s'éteignaient. Ils étaient, j'en étais certain, de la même espèce que mon père et se liguaient pour faire de moi un fantôme.

L'infirmière venait me faire avaler des pilules qui me rendaient mou comme une algue. Je les cachais sous ma langue et je les recrachais dès qu'elle avait le dos tourné.

Je n'en voulais pas de cette croisière en eaux troubles qui semblait être le lot de tout un chacun dans cet endroit.

Moi, j'étais un marin de haute mer.

Par la pauvre petite fenêtre perchée si haut, si haut qu'à chaque instant, elle paraissait sur le point de tomber, monsieur Kurosawa et moi observions les nuages dont beaucoup étaient anthropogéniques : sillons d'avions-cultivateurs, nuées d'étranges vapeurs accouchées de ventres urbains lointains, bouffées de brume nées nous ne savions où. Avec des miettes de pain, nous dessinions sur le linoléum du sol la cartographie de notre route que le balai maussade d'une Algérienne plissée par les ans, tatouée de bleu entre les sourcils, envoyait dans sa pelle de ménage. Mais que nous importait. Sur mon lit ancré, nous voguions entre des îles-tas-de-cailloux, frôlions des atolls à la luxuriance splendide.

Au préposé du petit tour de santé du bagnard qui m'emmenait dans un jardinet – « Vous avez vingt minutes » –, je camouflais sous un visage morne ma fuite hors des médocs et, traînant les pieds, je tournais autour d'un platane aux branches mutilées, au tronc massif et tacheté. Je l'appelais Ben-Platane et lui inventais une lignée remontant à Abraham en lui parlant du fantôme.

Dans les couloirs, je croisais des hallucinés.

Je voguais en plein ouragan dans un océan bondé d'écueils sur lesquels mon navire était à tout moment sur le point de se fracasser. La porte de ma chambre que je ne pouvais ouvrir librement ? Écueil. Les questions des psychiatres ? Écueil. Les odeurs, gémissements, jérémiades, éclats de voix, le grincement des roues des chariots, les sons éparpillés d'une télévision vissée au mur d'un espace dans lequel se tassaient des zombies, leurs battements sourds, stridences, les repas insipides servis dans des barquettes en plastique, ma porte s'ouvrant la nuit, le faisceau de lampe me balayant le visage ? Écueils.

Oh ! Capitaine ! Piranhas devant ! Piranhas partout !

J'avais beau revenir à ces jeux anciens, essayer de rire de cette situation, lorsque je tâtais mon cou, la colère me prenait dans ses filets. *Ils* m'avaient volé ma pierre. *Ils* m'éradiquaient.

La colère est de la tribu des naufrageurs, elle allume de grands feux sur les côtes pour que les bateaux s'y écrasent. Quand elle montait ses flammes, la tentation d'assommer monsieur Kurosawa, de prendre la barre, d'envoyer par le fond notre embarcation était si forte que, comme Ulysse, je m'attachais au mât et muselais ma bouche pour ne pas me mettre à aboyer en imitant la voix de Sultan.

Ce qui n'aurait pas arrangé les choses.

L'infirmière me résumait brièvement les actualités en insistant sur les désastres : un tremblement de terre, la famine, la guerre, une épidémie quelque part. Tous ces cataclysmes et morts qu'elle déversait dans ma chambre-charnier, terrain de tous les chagrins de l'univers, étaient sûrement une façon de tester ma conscience. Mais je m'en fichais du monde, la seule chose qui m'intéressait était de savoir ce qui s'était passé dans la galerie et comment allait monsieur Loiseau. Mes supplications – « Juste un coup de téléphone, s'il vous plaît ! » – furent vaines.

Échafauder des éventualités en me mordillant le pouce n'aboutissant qu'à des visions cauchemardesques, je me forçais à imaginer ce que ma grand-mère concoctait pour me sortir d'ici. Je la voyais mettant en branle une armée, infiltrant des sbires dans l'hôpital, louant un hélicoptère…

Ce qu'elle fit fut moins épique mais plus efficace.

C'était le quatrième matin. Il neigeait derrière la fenêtre et probablement aussi ailleurs, mais de l'ailleurs, je ne savais plus rien.

On m'apporta un pain, un yaourt, un café-thé dans une tasse en plastique, un morceau de sucre, une cuillère-tige en bois, une pomme. Une blouse blanche vint, me prit la tension et me dit :

– Vous êtes bien ici ?

Je ne lui répondis pas : « Bien ici ? Vous n'êtes pas un peu toqué, vous ? », mais je le pensai.

L'infirmière me donna un carnet de mots croisés et un crayon.

– Un peu de distraction, jeune Karadec.

Je n'avais jamais fait de mots croisés. Les définitions me fascinèrent :

« L'aimer, c'est s'enflammer, en six lettres. »

Vers neuf heures, deux policiers et une brune, dans les trente ans, maquillée comme pour un mariage, superbe dans un manteau mauve, surgirent dans la chambre.

La femme me serra la main.

– Gisèle Jolian, je suis votre avocate.

Elle se tourna vers les agents.

– Veuillez nous laisser, messieurs.

– On n'a pas reçu d'instructions en ce sens, rechigna l'un.

Tranquillement, elle retira son manteau, chercha une patère et, n'en trouvant pas (il n'y a pas de patère dans les chambres des suicidaires, ils pourraient s'y pendre), elle le posa sur le lit. Ses ongles étaient, comme ses lèvres, peints en rouge carmin et son corps aux seins généreux, moulé dans une robe verte. Elle ressemblait à une fleur vénéneuse.

– C'est la loi. Obtempérez, messieurs, ou j'en réfère à vos supérieurs, dit-elle d'un ton neutre.

Les hommes partis, elle s'assit à côté de moi.

– Votre grand-mère est une amie de longue date. C'est elle qui m'envoie. Elle m'a raconté pour Lorme, le timbre, l'enquête. Vous devez me faire une confiance totale et ne rien me cacher. En premier lieu, avez-vous, oui ou non, tenté de mettre le feu à des documents ?

« Méfiance », me chuchota monsieur Kurosawa.

– Comment avez-vous rencontré mamie Simone ?

La femme consulta sa montre puis me dévisagea.

– Nous avons soixante minutes. C'est fou ce que vous lui ressemblez. J'avais sept ans quand les services sociaux ont voulu me séparer de ma mère, nous nous sommes cachées huit semaines chez elle avec d'autres.

– À quelle adresse et avec quels autres ?

Elle se recula, étonnée.

– Vous ne savez pas que votre grand-mère dirigeait une association de protection de filles-mères et que le 5 de la rue de l'Estrapolette était un refuge jusque dans les années quatre-vingt ?

– Non. Où dormiez-vous ?

– Dans la pièce des archives, je connais l'histoire du dernier grand équarisseur de Paris et du squelette Hamlet par cœur. Ça vous suffit ? Bien. Alors, avançons ! Je vous réitère ma question : avez-vous tenté de mettre le feu à des documents ?

Je fis un geste de dénégation.

– Avez-vous agressé ce monsieur Loiseau sur lequel je n'ai reçu aucun rapport médical et qui n'a pour le moment pas déposé de plainte ?

– Non, madame.

– Appelez-moi maître, et décrivez-moi ce qui s'est passé. Prenez votre temps, n'omettez aucun détail.

Je lui retraçai tout à partir de l'instant où j'avais subtilisé les flacons et les plumes : la tache d'encre sur le poignet de ma chemise, cette discussion dans le bistrot, le lapin en mie de pain, la confession.

– Monsieur Loiseau, alias Lorme, donc, vous a fait des aveux bien facilement. C'est étrange.

– Notre conversation devait le soulager et il savait que je ne dirais rien.

– Pourquoi l'aurait-il pensé ? Il vous a proposé de l'argent pour acheter votre silence ?

– J'aurais bien voulu, mais non, il ne l'a pas fait.

Le scepticisme de l'avocate m'imposait de revoir le comptable, sa bouille de catcheur, ses yeux d'un bleu sombre, ses mains criblées de cicatrices fabriquant un lapin, face à moi fouineur et prétentieux.

– Il avait donc confiance en vous ? Vous étiez amis ? Quelque chose vous liait à lui ? insista-t-elle.

À cet instant, on cogna à la porte et le visage d'un policier apparut.

– Maître Jolian, vous aviez droit à une heure.

L'avocate sursauta.

– Donnez-moi encore trois minutes.

– Le règlement, c'est le règlement.

Elle rassembla ses affaires.

– Maître, lui chuchotai-je, je n'ai rien fait de ce dont on m'accuse, mais je ne dénoncerai pas monsieur Loiseau.

– Même si c'est votre seule porte de sortie ? Vous rendez-vous compte de ce vous me dites ?

J'acquiesçai.

– Vous êtes enfermé et vous vous prenez pour Zorro ? Hallucinant !

Elle enfila son manteau et sortit. Dans le couloir, je l'entendis crier :

– Ça vous amuse de m'emmerder, les gars ?

Le lendemain matin, on m'apporta mes habits. Un policier attacha l'un de ses poignets à l'un des miens et dans la fourgonnette lut ses messages sur son portable.

– Où allons-nous ?

Il leva la tête comme s'il découvrait ma présence. La lassitude avec laquelle il me répondit « Au Palais de justice » n'avait rien à voir avec moi ni avec les crimes qu'il me supposait ou non. Il était triste, cet homme, pour une raison que j'aurais aimé connaître afin de me distraire de la sirène.

Un prévenu de vingt ans menotté, au blouson de petite marque, aux souliers de supermarché, c'est ça que je voyais de moi dans les grands couloirs aux sols de marbre. Des avocats chauves-souris circulaient, des gens, fourmis vissées par l'angoisse ou la révolte, attendaient sur des bancs.

Dans un bureau, j'ai retrouvé mon père, ma grand-mère et maître Jolian en toge. Mamie Simone sortit de son sac une petite bouteille d'eau qu'elle me tendit avec un sourire lumineux, comme si j'arrivais glorieux et vainqueur d'un marathon. Elle m'embrassa en me disant d'un ton enjoué :

– Henri t'envoie ses amitiés.

Mon père, gris comme un trottoir, me salua d'un battement de cils.

– Le juge va vous poser des questions, je suis là pour y répondre, Tristan, ce qui signifie, en clair, que vous ne parlez pas, me chuchota l'avocate en me serrant le bras.

– Pour monsieur Loiseau, vous…

– Taisez-vous.

Le policier me fit lever puis asseoir (c'est pénible d'être tiré debout, tiré assis par une menotte) lorsque le magistrat et un clerc entrèrent. Les chefs d'accusation furent récapitulés. J'avais l'impression d'assister à une messe.

Mon père, écrasé par mes péchés, contemplait le plancher en attente du Jugement dernier, les mains de ma grand-mère étaient si serrées par sa prière intérieure que leurs phalanges en étaient blanches, et le juge ressemblait à un curé préparant son homélie.

Maître Jolian lui présenta une note, qu'il lut.

– Si je saisis bien, les faits dont votre client est incriminé ne sont pas clairement établis. J'accepte votre requête. Nous reprendrons cette audience en présence du commissaire Fumerole.

On m'enferma dans une pièce exiguë comme une

cabane où j'attendis un temps indéfini en compagnie de ma bouteille d'eau. Dans ce trou sans fenêtre, assis sur une banquette raide, je n'entendais que les frottements de mes pieds sur le sol et les battements de mon cœur. Cette attente me ramenait aux heures où, enfermé dans la cahute du jardin de la villa Ulysse, je guettais les pas de mon frère. Je frappai sur la porte. Un policier ouvrit la lucarne.

– Quelle heure est-il, s'il vous plaît, monsieur ?

– Midi.

– Est-ce que je peux avoir quelque chose à manger ?

– C'est prévu.

Prévu depuis le néolithique antérieur à en juger par l'état du sandwich graisseux et flasque et la mollesse de la mandarine dont les épluchures me servirent à fabriquer un paysage apocalyptique dans lequel monsieur Kurosawa refusa de danser.

Lorsque, au milieu de l'après-midi, je fus ramené dans la salle d'audience, en sus de mon père, de ma grand-mère, de l'avocate, du juge et de son clerc, était présent le commissaire de police qui m'avait interrogé cinq jours auparavant. Il avait la chevelure en bataille et les yeux cernés.

– Lorsque mon équipe est intervenue à la galerie Courtin, l'incendie était éteint, monsieur Loiseau avait été transporté à l'hôpital, expliqua-t-il au magistrat. Une jeune employée nous a affirmé que le comportement du prévenu était anormal et qu'il avait tenu des propos menaçants. Lors de l'arrestation, nous avons découvert un flacon d'essence de la marque Zippo dans son sac…

Ma grand-mère brandit un papier.

– Il est à moi ! J'ai le ticket d'achat !

– Merci, madame, nous versons au dossier, poursuivez, commissaire.

– … ainsi que quelques éléments inquiétants dans ses cahiers.

L'avocate bondit.

– Objection ! Soit le commissaire décrit les éléments qu'il prétend inquiétants, soit il retire son propos. Nous ne sommes pas dans un film !

– Je retire, maugréa le commissaire. Je n'ai pas pu finir l'interrogatoire, ma femme accouchait avant terme et j'ai dû partir en urgence.

Maître Jolian se tourna vers lui.

– L'enfant et la mère se portent bien ?

– Grâce à Dieu, maître. Un kilo sept cent cinquante, il paraît que ce n'est pas un prématuré grave, mais ils vont la garder un peu.

– Une fille ?

– Oui, nous avons décidé de la prénommer Sabine.

– Félicitations, dit le juge. Revenons au dossier si vous voulez bien.

– Monsieur Erwan Karadec, père du prévenu, ici présent, a informé mes services des antécédents psychiatriques de son fils, donc une requête auprès de la

Préfecture pour un internement SDRE en urgence a été déposée. Qu'est-ce qu'on pouvait faire d'autre ?

– Ça, on se le demande, ironisa l'avocate. Votre enquête a-t-elle évolué depuis ?

Le commissaire lui jeta un regard noir.

– Maître Jolian, vous avez été plus rapide que nous, je vous cède donc la parole.

L'avocate se redressa dans sa toge.

– Permettez-moi de résumer les faits, entama-t-elle d'un ton neutre qui, passé cette introduction, s'enfla. Ou plus exactement cet absurde concours de circonstances et les inqualifiables manquements policiers qui ont conduit à l'arrestation brutale, puis à la séquestration de mon client dans un hôpital psychiatrique en zone de sécurité, ET je n'emploie pas ce terme *séquestration* pour soutenir ma démonstration, mais pour exprimer d'emblée mon effarement et mon indignation de voir un jeune homme de vingt ans, dans un contexte d'enquête inaboutie, être mis à l'isolement dans un asile de fous sur la simple base d'une déclaration de son père, sans que celle-ci soit évaluée ! C'est inacceptable au sein de notre République ! Je me réserve le droit, au nom de mon client, de réclamer l'examen des procédures.

Comme lors de notre première rencontre, elle était lourdement maquillée, superbement coiffée et, sous l'habit sombre qui voilait son corps, l'effet théâtral qu'augmentait l'expression dure, guerrière, de son visage était saisissant.

Mon père contemplait ses pieds et le commissaire, bras croisés, ne bougeait pas un cil.

– Donc, continua-t-elle, Tristan Karadec, étudiant à la Sorbonne, est employé par un professionnel de l'art pour faire des recherches sur Charles-Félix Lorme, un sculpteur mort depuis environ un siècle. Que s'est-il passé le 13 décembre, il y a quatre jours, sur son lieu de travail ?

Elle tendit les bras vers le juge dans un magnifique effet de manches.

– Un banal accident domestique ! Personne n'a voulu mettre le feu, personne n'a cherché à tuer personne, et d'ailleurs, personne ne s'est constitué partie civile contre personne ! Il se trouve simplement que monsieur Loiseau, le comptable, a allumé une cigarette…

Loiseau avec une cigarette ? Je ne l'avais jamais vu fumer.

– … et a jeté une allumette ou un mégot mal éteint dans une poubelle pleine de papiers. Le feu s'est répandu. Si la justice le lui réclame, il devra s'en expliquer. Pour l'heure, il est encore à l'hôpital et soigné pour une intoxication grave. Certaines archives contenaient de l'extrait d'amande, et l'amande est une plante cyanogène dont les toxines se propagent sous l'effet de la chaleur. La victime, qui n'en est pas une, ou n'est que la victime d'elle-même, a inhalé du cyanure ! Si un pompier n'avait pas immédiatement repéré les lèvres bleuies et tous les autres symptômes d'empoisonnement, fait mettre des masques à son équipe et évacuer ce pauvre homme dans un centre spécialisé, le drame aurait pris des proportions tragiques.

– Avez-vous les preuves matérielles de ce que vous avancez, maître ?

Elle remit un mince dossier au magistrat.

– Le compte rendu du capitaine des pompiers est en page 2. J'ai rendu visite à monsieur Loiseau dans son hôpital, hier soir. En apprenant que Tristan Karadec était accusé de tentative de meurtre à son égard et d'incendie volontaire, il a été quelque peu surpris. Il m'a autorisée à prendre une copie de son dossier médical et m'a signé une déclaration. Pages suivantes, monsieur.

– Avez-vous connaissance de ces éléments, commissaire ? demanda le juge.

Le policier inclina la tête.

– Maître Jolian a eu la délicatesse de me les faire parvenir ce matin.

– Qu'en pensez-vous ?

– Qu'ils sont en l'état irréfutables, mais je m'insurge contre les reproches qui nous sont adressés. Nous avons suivi à la lettre la procédure imposée. Quant à l'enquête menée, je me dois d'en souligner le caractère quelque peu anarchique…

– Nous avons compris, l'interrompit le magistrat en se levant, vous dicterez vos réserves au clerc. Policier, retirez les menottes. Monsieur Karadec, vous êtes libre.

Sur les marches du Palais de justice, ma grand-mère m'embrassa et le commissaire me serra virilement la main.

– Mes hommes vont vous accompagner à l'achepé pour récupérer vos effets, et ils vous ramèneront chez vous.

L'avocate traduisit :

– *Achepé*, pour HP, hôpital psychiatrique. Un flic ne s'excuse jamais, n'est-ce pas, commissaire ?

– Pas plus qu'un avocat, maître, rétorqua-t-il sèchement. Les accointances entre Charles-Félix Lorme et le sieur Loiseau sont des romans dont je me ferai le plaisir de demander lecture à votre client si vous m'y forcez par un dépôt de plainte envers mes services. Sommes-nous quittes ?

L'avocate opina et m'entraîna vers une voiture de police dans laquelle attendait ma grand-mère. Mon père nous précédait dans un taxi. Nous n'avions pas échangé un seul mot depuis ma libération. Il s'était tenu en retrait, son portable vissé à l'oreille, et je l'avais entendu dire : « Vos analyses ne sont pas mauvaises, madame Troadec. »

Revoir la fenêtre perchée, les cabinets en métal, le carnet de mots croisés, me donna un haut-le-cœur. Comme un gosse, je serrai contre moi mon sac à dos dans lequel je retrouvai mon Cahier de pensées, mon ordinateur, mon portable et ma pierre. Avant de la remettre à mon cou, je la tins longuement dans ma main pour la réchauffer.

Une blouse blanche (je persiste à employer ce terme « blouse blanche » car je n'ai jamais su le nom et la fonction qui se cachaient derrière) et mon père entrèrent ensemble, en bavardant comme des collègues de longue date. Mon père me toucha l'épaule dans un geste affectueux qui me révulsa.

L'avocate dit à la blouse blanche :

– Vous me pardonnerez mais je suis un peu pressée. Pourriez-vous m'apporter le compte rendu actualisé de Tristan Karadec ? Il est dans l'intérêt de votre hôpital que je n'y retrouve pas ce honteux salmigondis de pathologies et de névroses que vous ou vos collègues avez pondu il y a quatre jours.

Mon père tenta d'intervenir :

– On ne traite pas…

– Vous, je ne veux pas vous entendre ! le coupa-t-elle. En employant à l'égard de votre fils l'expression « antécédents psychiatriques », alors que vous aviez en votre possession l'avis du docteur Donnadieu, ce médecin psychiatre qui a vu votre fils seize fois entre l'âge de huit et de douze ans, et dont j'ai moi-même reçu le rapport évoquant un enfant un peu plus imaginatif que la moyenne, vous avez commis une faute inexcusable !

La blouse blanche lui remit un document.

– Maître, je comprends votre indignation et j'ai

adressé cette même remarque à mon confrère, mais souvenons-nous qu'il y a loin du médecin au père et n'augmentons pas son désarroi. Si vous nous aviez réclamé hier notre état des lieux, vous y auriez trouvé un tout autre salmigondis, comme vous dites. Nous ne sommes ni des sourds, ni des aveugles, mais des médecins qui, dans toute cette démence administrative, conservent tout de même quelques compétences.

Maître Jolian parcourut rapidement la feuille et me la montra.

C'était la copie d'une lettre adressée à mon père :

Cher confrère,

Mes équipes et moi-même avons pris bonne note de vos déclarations concernant votre fils Tristan ainsi que du rapport de notre autre confrère, le professeur Marc-Antoine Donnadieu, dont les conclusions rejoignent les nôtres. Vous les trouverez en pièce jointe.

L'internement de votre fils ne se justifie en rien. Les éléments factuels et juridiques ne relèvent pas de notre ressort.

Veuillez croire…

Mon père balbutia :

– Quand une policière m'a téléphoné pour m'annoncer que Tristan avait tenté d'assassiner un type et mis le feu à des papiers, j'ai paniqué. Je ne voulais pas qu'on le mette en prison. J'ai dit « antécédents psychiatriques » pour le protéger !

– Une pensée qui vous honore, mais la folie n'est pas un bouclier, cher confrère, lui dit d'un ton suave la blouse blanche en lui prenant le coude. Allons, venez avec moi, j'ai quelques documents à vous faire signer.

Ma grand-mère, maître Jolian et moi restâmes seuls. Il y avait encore cette femme qui derrière la cloison criait : « Au secours ! Au secours ! »

Je relus la définition dans le carnet de mots croisés :

– « L'aimer, c'est s'enflammer, en six lettres ». Vous avez une idée ?

– Landru ! s'exclama l'avocate. Il a fait cramer toutes ses épouses dans sa chaudière. À propos de cramer, Tristan, il faut que vous sachiez que monsieur Loiseau a mis volontairement le feu aux archives de Lorme et qu'il avait l'intention d'en finir.

L'avant-veille de Noël, je me suis rendu dans la clinique de banlieue indiquée par maître Jolian. L'endroit était entouré d'un parc splendide. Il neigeait. En pyjama gris mal boutonné laissant voir son ventre pâle, le comptable était affaissé dans un fauteuil. Les joues couvertes de poils épars, des amas de salive desséchée à la commissure des lèvres, le regard éteint, le malheureux avait l'air d'avoir cent ans.

Face à lui se tenait François Courtin, qui me lança :

– Loiseau ne se souvient pas de ce qui s'est passé, et du coup, il croit qu'il a eu un AVC, sauf que les toubibs ne le voient pas sur leur scanner, son AVC. Il est du troisième type, son AVC ! Genre attaque en piqué d'un putain d'extraterrestre qui n'apparaît pas dans le bordel des radars. Il est con, ce connard, à se croire foutu. Monsieur fait sa Traviata, son laissez-moi crever. Il a raison, elle est triste sa vie, mieux vaut qu'il s'en débarrasse ! Tu n'aurais pas un pistolet sur toi, pour qu'il en termine ?

J'avais apporté de la pâte à modeler que j'ai posée sur le plateau articulé du fauteuil.

– Il est con, ce connard, répéta Courtin, il se prend pour un martyr, il croit qu'on va le mettre en taule pour avoir mis le feu à quelques lettres et documents. Ai-je déposé la moindre plainte ? Si quelqu'un peut se plaindre, c'est toi, Tristan. Quatre jours chez les dingues à cause de cette idiote de Véronique, ce n'est pas rien, mais bon, ce n'est pas la mort non plus.

Loiseau souleva une paupière puis la referma.

Ne sachant s'il avait avoué ou non son *forfait existentiel* au galeriste, je restai coi. En observation.

François Courtin se pencha vers lui.

– Écoutez-moi, mon vieux…

Je voyais qu'il cherchait ses mots et crus que ma présence le gênait.

– Préférez-vous que je sorte, monsieur ?

– Non, c'est mieux que tu restes. Maître Jolian est venue me voir. Elle est trop maquillée, cette femme, mais sympathique pour une avocate. Tu ne savais pas que Loiseau était celui qui avait découvert Lorme dans la fonderie de sa famille, mon petit, et moi je me suis conduit comme un idiot en t'embauchant sans son accord. Elle a employé une image pour me faire comprendre mon erreur : celle d'un archéologue sur un site de fouilles qui, après des années de boulot, commence tout juste à en extirper le trésor. Tout à coup, il est remplacé par un étudiant sans expérience. Qu'est-ce qui lui arrive ? Il devient maboul, il détruit tout. Je ne vais pas pouvoir te garder à la galerie, Tristan, je le regrette.

Je pris un air affligé, tandis que monsieur Loiseau déballait un bloc de pâte à modeler et commençait à le malaxer.

Le galeriste l'encouragea :

– C'est bien. Rien de tel que le travail manuel. Vous avez compris ce que je viens de dire ? Tristan ne reviendra pas, vous restez seul maître à bord du paquebot Lorme. Vous m'entendez, Loiseau ?

– Lorme est mort, grommela le comptable.

– Ça, nous le savons, et je crois que vous étiez à deux doigts de découvrir comment. Ces lettres que détiennent les Dupuis, ils vous les ont enfin données ?

Je scrutais la silhouette courbée et les doigts qui pétrissaient. Avec ces cornes et ce mufle qui apparaissaient entre les mains abîmées et tremblantes, la neige qui dévalait dehors, la lumière blafarde de la pièce, la scène avait un parfum de film d'angoisse.

– Vous n'êtes vraiment pas doué, monsieur Loiseau, dis-je en m'emparant de l'ébauche. On ne vous a pas appris à faire un lapin à l'école ?

La pâte à modeler roulée en boule, je façonnai deux oreilles, un museau, et du petit doigt je creusai les orbites.

– Ton lapin a une tronche de rat, donne-moi ça, s'agaça Courtin.

Il fabriqua un bonhomme informe à la silhouette de

yéti qu'il posa cérémonieusement sur le plateau en annonçant :

– Le petit Jésus de la crèche !

Le comptable examina l'affreuseté avec une expression émue et me lança un regard interrogateur auquel je répondis par un sourire.

Alors, il empoigna les accoudoirs, se leva, attrapa sa veste dans le placard, en détacha la broche en forme d'ours et me l'offrit en balbutiant :

– Ce… ce n'est pas du Charles-Félix Lorme, mais bon. Joyeux Noël, Tristan. Je vous regretterai.

Le parc était blanc lorsque nous sortîmes. En balayant avec la manche de son manteau les flocons accumulés sur son pare-brise, Courtin rigola :

– Je m'en fous, j'ai des pneus neige. Allez, monte, je te ramène.

Pendant le trajet, il se vanta de toutes les célébrités qu'il connaissait, du pognon qu'il avait gagné, il invectivait les autres automobilistes :

– Barre-toi de là, putain ! Mais quel imbécile, celui-là !

Juste avant que je ne sorte du véhicule, il me tendit cérémonieusement une enveloppe.

– Pour tes étrennes, celles de tes trois frères pupilles de la nation et de ta pauvre grand-mère toute cassée.

Puis il ajouta, goguenard, en allumant le moteur :

– Je suis très impatient que Loiseau soit sur pied. Je me demande comment il fera mourir Lorme. J'espère que ce sera grandiose. C'est dommage que tu doives nous quitter, j'étais content avec mes deux beaux menteurs. Il en faut des beaux menteurs pour que la vie chante. Tâche d'être heureux avec tes rêves, mon petit. Va !

La plante aux tentacules qui à ma visite précédente était sur la table basse ne s'y trouvait plus. Je fis un effort colossal pour tenter de me rappeler le nom de cette fougère dont le philatéliste m'avait dit qu'elle ne s'acclimatait pas.

– Votre doradeuse n'est plus là ?

– Il n'est pas botanique, mais il est poli. Ma *doradille* de Nouvelle-Zélande est en soins palliatifs, elle n'en a plus pour longtemps. Quand l'une de mes plantes meurt, je pense de moi que je suis un négrier et cela me rend mélancolique, dit-il en ployant tristement la tête.

Je posai sur la table basse son livre, *Instruments à son dans les périodes gravettienne, mésolithique et Jōmon*, et, à côté, ma pierre.

– J'ai lu le chapitre sur le souffleur de récitant, monsieur.

– J'espère qu'il vous aura amusé, bougonna-t-il. Souffleur de récitant ! Il n'y a que des jésuites pour inventer des billevesées pareilles. La critique qu'en fait l'auteur est sévère, mais juste. Aucun chercheur n'a jamais pris au sérieux les élucubrations de Giacomo Ruggieri, ce qui est navrant, certes, mais il faut choisir entre la science et les contes de fées. Intéressantes, ces classifications d'outils par période, n'est-ce pas ? On n'a pas fait mieux depuis. Notez que si les hommes de la période Jōmon n'auraient pu réaliser ce lissé parfait, ils ne se débrouillaient pas si mal pour des gens qui n'avaient pas de meules.

Il s'absenta un moment. Je me suis précipité sur le livre pour relire le texte :

« Souffleur de récitant » est le terme proposé par le jésuite Giacomo Ruggieri qui, à la fin de la période Sengoku, évoque dans l'un de ses ouvrages la possibilité que ces objets soient liés à des pratiques de mémorisation de récits traditionnels. Il appuie sa thèse sur l'exemple d'un enfant de la région de Kyushu qui, l'oreille collée sur une telle pierre, pouvait réciter des épopées pendant des heures tel le plus grand des rhapsodes. Ainsi que le fait un souffleur au théâtre, l'objet lui soufflait le chant.

La suite que je n'avais pas lue disait :

Bien que grand érudit et maîtrisant parfaitement le haut japonais de l'époque Heian, ainsi que le démontre sa remarquable traduction des Ise monogatari, *le père*

Giacomo Ruggieri n'avait aucune connaissance de la période Jōmon. Son exemple de l'enfant écoutant une pierre provient d'une légende propagée par l'historien Hendrick Vandenbroek dont les…

Parmi les outils dessinés en fin de chapitre s'en trouvait un ressemblant à ce jade comme un menhir de la préhistoire peut ressembler à un obélisque égyptien.

La fable s'écroulait.

Le philatéliste revint avec une bouteille de champagne.

– Alors, votre enquête ? Vous les avez remontées ces traces ? frétilla-t-il.

Il interrompit si souvent mon récit avec des explosions de surprise, de rire ou des commentaires tels que : « La vérité ? Qu'est-ce que c'est la vérité, quand on sait qu'elle ne s'apprend ni dans les livres, ni dans la vie, et qu'elle n'est que l'addition impossible des faits et des intentions ? », que celui-ci ne s'acheva qu'à la nuit tombée.

Nous bûmes dans des coupes larges comme des calices pour célébrer la mort et la résurrection de Charles-Félix Lorme.

Après un troisième verre, je bafouillai en remettant mon collier :

– Au fond, je possède un caillou dont on ne sait rien.

– Comment ? s'étonna-t-il, vous ne connaissez pas la fonction de cet objet ? Vous me surprenez. Ce jade est pourtant sans mystère. Il s'agit d'une aile de polissage ! C'est un accessoire de céramiste qui s'achète dans les boutiques spécialisées pour quelques sous. Comme son nom l'indique, il sert à polir les surfaces des poteries avant la cuisson.

– Des poteries ?

Je me souvins immédiatement de madame Kurosawa frottant ses formes avec un caillou qu'elle extirpait d'un panier, de Marc se faufilant pour lui en voler un et de la façon dont il courait pour le lancer vers l'océan en vociférant.

Ce jade provenait de l'atelier du Manoir.

Le salon se peupla soudainement d'une infinité de silhouettes, parmi lesquelles dansait mon ami intérieur, comme il avait dansé dans la crique aux grimoires cette matinée où j'avais découvert dans le sable ce galet d'une blancheur de brouillard.

Le philatéliste riait la bouche grande ouverte sur ses vieilles dents, ses bajoues tressautaient. L'ours de monsieur Loiseau était accroché à mon pull, j'avais encore dans les veines les heures du commissariat et celles de l'*achepé*.

Une aile de polissage ? Dans quelle réalité avais-je donc vécu pour croire en ce talisman, pour y avoir accordé un tel prix ? Et si monsieur Kurosawa, mon ami intérieur, m'avait menti, quelles *traces* conservais-je de ma propre archéologie ?

Je m'approchai au plus près de cette mémoire.

C'était un matin d'automne, l'année de mes onze ans. La pancarte en lisière de falaise indiquait : « Interdit. Danger d'éboulement. » Un filet d'écume sabrait l'eau verte de la crique qui se trouvait en face du chêne du Manoir où Marc et moi avions vécu des aventures splendides. Sultan courait après les mouettes qui s'envolaient dans des grands piaillements, la lumière était blonde. J'avais trouvé cette pierre parmi des jonchées de galets qui n'étaient pas de la même race. Elle était de la taille de ma paume d'enfant et j'étais en train de souffler dans son œil lorsque monsieur Kurosawa volant vers moi, battant à toute vitesse les ailes de son kimono, m'avait crié :

– Ceci esprit-gardien de l'inoubliable !

Ses prunelles d'obsidienne étaient graves, son habit dessinait des arabesques.

Ses yeux ne quittaient pas les miens.

Le souvenir était là, net, clair, absolument présent.

Ce n'était pas ce jade qu'il regardait.

C'était moi.

Remerciements

À mes fidèles gardiens, Agnès Guillaume, Caroline Lambert, Ève de Castro, Ghislaine de la Brunière et Gérard de Cortanze, pour leurs conseils et encouragements ;

À Élisabeth Lesne, pour sa lecture attentive et son exigence,

j'adresse mes chaleureux remerciements.

Les broderies et les histoires de la mère de Jacob sont inspirées de celles d'Esther Krinitz ;

Le personnage du psychiatre Marc-Antoine Donnadieu doit beaucoup à la psychanalyste Sevim Riedinger et à son livre *Le Monde secret de l'enfant* ;

La citation page 118 provient de « Orphée » de Victor Hugo, les extraits des *Métamorphoses* d'Ovide (Livres III et X) sont tirés de *La Vie des classiques et du théâtre classique*, ceux de *La Bibliothèque* d'Apollodore (Livre III) sont la traduction d'Ugo Bratelli.

DU MÊME AUTEUR

Aux Éditions Albin Michel

UN TEMPS ÉGARÉ, 2014, et Livre de Poche, 2015, lauréat du festival du premier roman, Chambéry, 2014.

À L'OMBRE DES VAINQUEURS, 2014, prix des Romancières 2015 ; grand prix de l'Académie d'Alsace, 2015 ; prix du Roman historique de Blois, 2015 ; prix Horizon, 2016.

MON NOM EST OTTO GROSS, 2018.

CEUX DU FLEUVE, 2020.

Composition : IGS-CP
Impression : Imprimerie Floch, avril 2023
Éditions Albin Michel
22, rue Huyghens, 75014 Paris
www.albin-michel.fr

ISBN : 978-2-226-47703-3
N° d'édition 25131/01 – N° d'impression : 102355
Dépôt légal : mai 2023
Imprimé en France